In Liebe
für Barbara, Alexandra, Kai, Timon, Nele und Isabelle

Dietmar Dressel

Gefährliche Wege in die Freiheit

Trilogie

Teil 3
Das Leben in der freien Welt

Roman

Vorwort zum Roman

Dieser Roman – „Das Leben in der freien Welt", ist der 3. Teil zu den Romanen – 1. Teil „Ein riskanter Aufbruch" und dem 2.Teil „Eine Sprengmine zwischen Aufbruch und Freiheit".

Einiges von der unrühmlichen Atmosphäre aus dem politischen und gesellschaftlichen Alltagsleben in der DDR ging verloren, oder wurde verdrängt. Wo keine aussagekräftigen Aufzeichnungen und Berichte existierten, oder die Sachlage unklar war, habe ich meine Phantasie beflügelt.
Von J. Rousseau stammt der Satz - „Die Freiheit des Menschen liegt nicht darin, dass er tun kann was er will, sondern dass er nicht muß, was er nicht will."
Was bewegte die politische Führungsclique mit ihren uniformierten und nichtuniformierten Erfüllungsgehilfen sich derartig menschenverachtend gegenüber Bürgern ihres Landes zu verhalten, die sich nicht in den angeordneten, sozialistischen Alltagstrott einfügen wollten? Meinten sie zu glauben, sie seien die Enkelkinder der Machtbesessenen aus der Zeit der Inquisition? Jagden sie paranoide Geister, oder waren sie nur krankhaft gierig nach Macht und dem Geld?

Die Erzählungen in diesem Roman lassen die Opfer dieses schändlichen Verhaltens des DDR Regimes zu Worte kommen und wie sie ihren Weg, nach den schrecklichen Erlebnissen in den Zuchthäusern der DDR und nach der Übersiedlung in die BDR, in die eigenen Hände nahmen.

Inhalt

Bibliografische Information der Deutschen Nationalbibliothek.
Die Deutsche Nationalbibliothek verzeichnet diese Publikation in
der Deutschen Nationalbibliografie;
detaillierte bibliografische Daten sind im Internet über
http://dnb.d-nb.de abrufbar.

Herstellung und Verlag: BoD - Books and Demand, Norderstedt.
Alle Rechte vorbehalten. Das Werk darf - auch teilweise, nur mit
Genehmigung des Verlages wiedergegeben werden.
Gestaltung: Alexandra Dressel und Barbara Dressel
Layout: Kai Hintzer
Printed in Germany
ISBN 9783738654806

Drittes Kapitel

Das Leben in der freien Welt

Ein anderes Leben

Mitten in dem furchtbaren Reich der Kräfte und mitten in dem heiligen Reich der Gesetze baut der ästhetische Bildungstrieb unvermerkt an einem dritten, fröhlichen Reich des Spiels und des Scheins, worin er dem Menschen die Fesseln aller Verhältnisse abnimmt und ihn von allem, was Zwang heißt, sowohl im Physischen als im Moralischen entbindet.

Wenn in dem dynamischen Staat der Rechte der Mensch dem Menschen als Kraft begegnet und sein Wirken beschränkt - wenn er sich ihm in dem ethischen Staat der Pflichten mit der Majestät des Gesetzes entgegenstellt und sein Wollen fesselt, so darf er ihm im Kreise des schönen Umgangs, in dem ästhetischen Staat nur als Gestalt erscheinen, nur als Objekt des freien Spiels gegenüberstehen. Freiheit zu geben durch Freiheit ist das Grundgesetz dieses Reichs.

Johann Christoph Friedrich von Schiller

Bei meinem früheren beruflichen Herumwerkeln ist mir das gar nicht so aufgefallen. Muß sich Andreas einräumen. Was nicht heißen soll, dass ich das alles mit stiller Freude genieße. Vermutlich gewöhnt man sich an die angenehmen Einflüsse für das tägliche Leben schneller und nimmt sie nach kurzer Zeit für selbstverständlich hin.

„Es stimmt schon was du sagst, Gundula, wir leben hier in einer völlig anderen Welt. Und zum krassen Unterschied dazu fallen mir zwei gewichtige Sprüche eines dieser DDR Schergen aus dem so genannten „Politbüro der DDR" ein -

„Klar muß aber auch sein, allein immer nur behutsam, behutsam und noch mal behutsam, aus Angst und Furcht, die Betreffenden könnten sich etwas antun, dass nur nichts passiert – damit muß endgültig Schluss gemacht werden. Und wenn sich ein Verbrecher, ein verkommenes Subjekt, ein Staats- und Klassenfeind unserer Republik deshalb etwas antun sollte, weil er merkt, dass wir ihn erkannt haben und mit aller Konsequenz gegen ihn vorgehen, dann ist das noch tausendmal besser, als wenn es ihm gelingt, seine verbrecherischen Absichten zu verwirklichen oder uns weiter anderen Schaden zuzufügen.

Die sozialistische Gesetzlichkeit strikt durchzusetzen, alle Möglichkeiten voll auszuschöpfen, das gilt erst recht in Bezug auf Feinde, die auch weiterhin wie Feinde behandelt werden."

Und noch so einen Spruch, passend für das, was wir bei unserer Flucht aus der DDR erleben mussten –

„Ich will euch überhaupt mal etwas sagen Genossen, wenn man schon schießt, dann muss man dat so machen, dass nicht der Betreffende noch bei wegkommt, sondern dann muss er eben „dableiben" bei uns. Ja so ist die Sache, wat is denn das, siebzig Schuss loszuballern und der rennt nach drüben und die machen ne Riesenkampagne." (Erich Mielke, 1979)

Das ist eine Stimme, auch aus einer anderen Welt. Von einem der Männer, die sich nach dem Ende des zweiten Weltkrieges, als so genannte Kommunisten, wie Phönix aus der Asche an die Macht des angeblichen Proletariats skrupellos und gemeinsam mit ihren Kumpanen an die Staatsmacht mobbten. Apropos Staatsmacht.

6

Entschuldige bitte – zu dieser Staatsform muss ich noch ein paar passende Gedanken loswerden." „Ok, Andreas, wenn es sein muss. Aber verzettle dich nicht, mein „Ding" ist das nämlich nicht so." „Ok, Gundula, ich werde mich damit kurz fassen!" „Danke mein lieber Schatz!"

Was könnte man von dieser Behauptung – „unsere Republik" - alles leicht ableiten? Diese Machtform „sozialistische Republik" ist ohne seinen grausamen und brutalen Erfüllungsgehilfen, also die Stasi mit ihrer unmenschlichen Gewaltstruktur und Gewaltanwendung, ihrer blutbesudelten Zuchthausschergen und Grenzpolizisten - um nur wenige davon zu nennen - nicht existenzfähig. Würde man diese „Erfüllungsgehilfen" entfernen, bräche das System zusammen wie ein Kartenhaus.

Um sich von solchen wahren und unangenehmen Tatsächlichkeiten dem äußerem Schein nach zu lösen, entwickelten die „Staatslenker" teilweise recht skurrile Besonderheiten von gesellschaftlichen Organisationsstrukturen, die den Eindruck erwecken sollten, dass die Macht, in diesem Fall die Staatsmacht, auch ohne Gewalt auskäme, so sie vom gemeinen Volk der DDR ausgehen würde.

Solche, so genannte „kommunistische Staatsgebilde", übertragen demnach die Staatsgewalt auf die angeblich zuständige Arbeiter- und Bauernklasse, und betten sie im gesellschaftlichen System der „Diktatur des Proletariats" ein. Soweit so gut.

Beurteilt man diese Begründung allerdings vom Standpunkt ihres staatlichen Charakters, und letztlich natürlich auch vom Standpunkt ihrer eigenlichen Aufgaben, die in der zeitlichen Folge des Regierens zu erfüllen sind, verschieben sich in einem bemerkenswerten Tempo und in einer auffällig drastischen Veränderung die eigentlichen Machtstrukturen weg von der so genannten Arbeiter- und Bauernklasse, hin zu einer kleinen Personalunion von machtbesessenen, meist männlichen „Gesellen". Bleibt die Frage – was sind das für lenkende Kräfte, die die „Hebel" und den „Mechanismus" für die rasante und gewollte Verschiebung der Macht des so genannten Proletariats, das ja angeblich diese Macht fest in den Händen hält, verändern, ohne dabei in der Öffentlichkeit den Eindruck zu erwecken, dass das möglicherweise nicht so sei?! Also, was sind das für umwälzende Prozesse in der Diktatur des Proletariats in der DDR? Wer ist die initiierende Kraft, und für was und für wen sollte sie letztlich nützlich sein?

„Was schaust du mich so fragend an, Andreas, ich weiß es nicht". „Entschuldige, Gundula, ich wollte nur sehen, ob du mir bei diesem „politisch" geprägten Thema noch zuhörst." „Keine Sorge, ich melde mich schon, wenn es mir bezüglich dieser Thematik ungemütlich werden sollte." „Danke, liebe Gundula, dann mal weiter damit!"

Die im „Dunkeln" agierenden Kräfte sind der eigentliche Motor, die eigentliche Macht im Staatsgefüge der DDR. Sie sind es, und dessen bin ich absolut sicher, die willigen und von der Gier getriebenen Erfüllungsgehilfen und ihre Sponsoren aus Wirtschaft, Staatssicherheit und Militär, die die grundlegende führende Kraft der so genannten Diktatur des Proletariats begründen und aufrechterhalten.

Die kleine Personalunion von wenigen „Köpfen", teilweise auch nur von einem „Kopf", vertreten in der Öffentlichkeit nur das, was sie vertreten sollen – nicht mehr und nicht weniger. Tun „Sie" oder „Er" es nicht, wird seine Lebensspanne kurzerhand verkürzt.

Diese Gewaltunion zwischen den Sponsoren und ihren Erfüllungsgehilfen einerseits und der Arbeiter- und Bauernklasse andererseits hat das Proletariat in der DDR bitter nötig, weil es ohne sie in seinem Kampf für die Festigung der Staatsmacht, in seinem

Kampf für den Aufbau ihres kommunistischen Staatssystems, nicht zum Ziel kommen würden. Auch mit der in allen Farben blühenden Denunziation, gnadenlos ausgeübt in der breiten Masse der Bevölkerung bis hin zu den Familien, ist das letztlich nicht zu schaffen.

Die ausübende Macht dieser, ich nenne sie mal salopp „Dunkelmänner", ist existenziell notwendig, um die Voraussetzungen für eine, möglicherweise dauerhafte Diktatur des Proletariats letzten Endes zu sichern. Im übrigen sorgt ja dieses große Heer willliger Proletarier für das wirtschaftliche angenehme „Wohlergehen" eben dieser Dunkelmänner und ihrer skrupellosen Erfüllungsgehilfen. So schließt sich der Kreis, liebe Gundula.

Kann so ein Staatssystem, also so ein „Kommunismus in Regierungsform", von einer dauerhaften Beständigkeit sein? - Nein!

Wer die gesamte Bevölkerung in so einem kommunistischen Gefüge ständig hinter sich haben möchte - wer sich nach allen Seiten hin absichert, um nicht aus der eigentlichen Staatsmacht entfernt zu werden dadurch, dass viele Bürger die auf Gewalt aufgebaute tatsächliche Machtherrschaft des angeblichen Proletariats erkannt haben und sich dagegen auflehnen, muss mit der „lauernden Gewalt", ohne Rücksicht auf Menschenrechte und auf die Würde des Menschen, jegliche Art des „Auflehnens" im Keime unterdrücken, und so notwendig, ersticken.

Besonders in herrschenden Staatsformen von Diktaturen, wird der untrennbare „Bindungszwang" zwischen der Macht und der Gewalt, als verlässlicher Erfüllungsgehilfe der Macht, so schmerzhaft und lebensverachtend transparent.

Was mich an solchen krankhaften kommunistischen Herrschertypen so heftig nervt, ist ihre bodenlose Feigheit, die besonders dann sichtbar wird, wenn sie den Karren, den sie angeblich erfolgreich führen, im Sande des Ruins versinken sehen. Einige von solchen „Versagern" greifen dann zu einer Pistole und blasen sich das wenige Gehirn aus ihrem Kopf, oder vergiften sich.

Die Menschen sollten doch erkennen können, dass man sich von solchen armseligen Hosenkackern nicht anführen lassen sollte. Natürlich kommt es auch in demokratisch regierten Ländern, wie hier bei uns in Westdeutschland vor, dass ein Mann oder eine Frau aus der Führungselite mal einen kapitalen Bock schießt – nicht immer ist das möglicherweise zu vermeiden. Dann stehen sie allerdings dazu und ziehen aus den versemmelten „Aktivitäten" ihre persönlichen Konsequenzen. Und aus die Maus!

Entweder treten sie von ihren Ämtern zurück, verzichten auf ihre Tätigkeiten, Anerkennung und Vergütung, oder ziehen sich ins Privatleben zurück. Jedenfalls stehen sie zu ihrer möglichen Schuld und übernehmen dafür die Verantwortung. Aber - lassen wir das Thema!

„Wenn du magst, mein Liebling, kannst du gern eine kleine Runde schlafen. Wir werden noch zwei bis drei Stunden brauchen bis wir zu Hause sind." „Ok, Andreas, das mache ich. Du weckst mich bitte – ja, sobald wir da sind!" „Mach ich!"

Gundula nimmt sich ihre Strickjacke, wickelt sich darin ein und ist wenige Minuten später in einer anderen Welt.

Kurz vor Einbruch der Dunkelheit hält Andreas den Wagen vor ihrem neuen Haus in Hannover an, schaltet den Motor aus und holt behutsam Gundula aus ihrem Traumland in die Wirklichkeit. Augenblicke später stehen beide Hand in Hand an der Stelle, die sie eigentlich vor mehr als einem Jahr erreichen wollten - vor ihrem neuen Heim. Ein Geschenk von Gundulas Tante, das ihnen sicher helfen wird, sich leichter in die neuen wirtschaftlichen Bedingungen einzuleben. Es ist ein schmuckes und neu gebautes Reihen-mittelhaus mit angebauter Garage.

„Du machst so ein nachdenkliches Gesicht, Gundula, hast du Sorgen, oder bedrückt dich was?" „Ich muß an die zurückliegenden Monate denken und daran, mit wie vielem Schmerz und Leid wir beide diese Zeit ertragen mussten um endlich hier stehen zu können. Ich weiß nicht, ob ich nochmal den Mut aufbringen würde, so einen sehr gefährlichen Schritt mit dir zu gehen, Andreas?! Andererseits deswegen weiter in der DDR leben zu müssen, ist auch niederdrückend. Du siehst, mein Schatz, mein Gesicht spiegelt nur meine Gedanken wieder, die sich einfach nicht beruhigen wollen, obwohl du meine Hand hältst und ich mit beiden Beinen auf dem Boden eines Landes stehe, wo ich mit dir gern für immer leben möchte."

„Die Frage habe ich mir auch öfters stellen müssen, Gundula – wirklich – aber, es ist vorbei. Das macht das Erlittene natürlich nicht rückgängig. Ein Grund mehr, dass die, die uns und vielen anderen die Schmerzen und Entbehrungen zufügten, konsequent zur Verantwortung gezogen werden müssen. Wir werden jedenfalls alles dafür tun, damit sie sich nicht ungestraft aus dem Staub flüchten können.

Komm, Gundula, lassen wir solchen Gedanken vorerst keinen Platz in unserem Kopf – sie werden uns noch bald genug bedrängen.

Siehst du auf der anderen Straßenseite das größere Einfamilien-lienhaus?" „Meinst du das mit der eigenwilligen Dachgestaltung?" „Nein, das rechter Hand daneben mit dem Satteldach!" „Ja, sehe ich, was soll damit sein?" „Es ist das Haus deiner Tante, sie wartet bestimmt schon mit dem Abendbrot auf uns beide." „Tolle Hütte!" „Wenn du magst, kannst du bereits vorgehen. Ich räume nur unsere Taschen ins Haus und fahr das Auto in die Garage. Komme sofort nach." „Ok, Andreas, bis gleich. Na, meine Tante wird vielleicht Augen machen."

Nach etwa zehn Minuten steht Andreas im Esszimmer von Tante Helma und schaut in zwei völlig verweinte Gesichter. Beide halten sich an den Armen fest und werden von Weinkrämpfen geschüttelt. Andreas spürt förmlich die Gedanken, die nach Trost rufen und gehört werden wollen. Er macht das einzig Richtige in dieser Situation und verlässt leise das Zimmer.

Es ist schon einige Zeit nach Mitternacht, als Andreas fühlen kann wie sich Gundula an ihn schmiegt und seine Wärme und Geborgenheit sucht. Kein Wort fällt zwischen Gundula und Andreas, und wenn man aufmerksam hinhört, kann man erkennen, wie sich ein angstvolles Herz bemüht langsam einen ruhigeren Rhythmus zu finden. Die Gedanken eilen in eine andere, friedliche Welt und werden von schrecklichen Bildern und Geschehnissen der Vergangenheit in Ruhe gelassen.

Sanftes und gleichmäßiges atmen lassen nach einer gewissen Zeit erahnen, dass Gundula und Andreas in einem erlösenden Schlaf versunken sind.

Andreas, bereits in der Küche, um für sie beide ein Frühstück auf den Tisch zu zaubern, hört hinter sich eine leise Stimme. Beim Umdrehen schaut er in ein völlig verändertes Gesicht. Zwar blinzelt der Schlaf noch ein wenig aus den Augen, aber das Antlitz von Gundula ist entspannt und strahlt glücklich und voller Zuversicht.

„Es ist alles noch etwas viel für mich, was so auf mich einstürmt. Vor einer Woche noch in einer Dunkelzelle im Zuchthaus Hoheneck, nicht wissend ob ich das überleben werde, und jetzt bei dir in unserem gemeinsamen neuen Heim. Das ist alles nicht so einfach, Andreas. Mein Herz und meine Seele haben es nicht so leicht, das alles aufzunehmen. Auch „Isi", meine innere Stimme, hält sich auffällig zurück. Bestimmt ist sie genauso glücklich wie ich darüber, dass ich endlich dort bin, wo ich bereits seit vielen Monaten sein wollte."

Andreas nimmt seine Gundula fest in die Arme so, dass sie spüren kann, dass die Zeit der Angst und des Schreckens endgültig vorbei ist. Leise flüstert er ihr ins Ohr –

„Wenn wir noch eine Weile so stehen bleiben, wird es kalten Kaffee geben, oder stehst du auf so ein Getränk?" „Kalter Kaffee soll ja angeblich Schönheit verleihen – und mein "Äußeres" hat gelitten, das steht fest. Trotzdem, mein lieber Schatz, mir ist ein heißer Kaffee schon lieber. Jetzt genießen wir unser zweites gemeinsames Frühstück, und dieses Mal ausgiebiger als im Auffanglager Gießen.

Sag mal, Andreas, was unternehmen wir nach dem Essen?" „Heute ist Samstag, mein Liebling, ich habe keinen Dienst und die Einkaufsmeile in der Innenstadt von Hannover ist den ganzen Tag geöffnet. Wir könnten gemeinsam shoppen gehen. Du hast ja kaum was zum Anziehen. Deine Sachen sind ja noch in Magdeburg. Bis deine Mutter alles rübergeschickt hat, wird einige Zeit vergehen. Also, was machen wir?" „Weißt du was, Andreas, bei dem schönen Wetter gehen wir schwimmen. Das Einkaufen reißt uns ja nicht aus." „Wenn du meinst? Du müsstest dann vermutlich splitternackt ins Wasser springen, oder willst du mit BH und Slip schwimmen?" „Würde vermutlich gehen - aber - eben, sieht blöd aus! Also gut, holen wir schnell ein paar Westklamotten für den Badeausflug und danach geht's ab in ein Schwimmbad. Hoffentlich ist eins in der Nähe und nicht so weit weg?" „Nein, leider nicht! Dafür haben wir nahe der Stadt ein ziemlich großes Meer." „Na, na Andreas – ein Meer?! Von hier bis an die Nordsee ist es ein ziemlich weiter Weg, mein Schatz." „Bis an die Nordsee? Na, das wäre wirklich zu weit. Nein – ich meine das Steinhuder Meer. Von unserem Haus bis zum

Strand dauert es keine halbe Stunde mit dem Auto. Es ist zwar relativ flach – aber, dafür sehr, groß." „Prima! Du kannst einstweilen das Auto aus der Garage holen, ich bin gleich bei dir. Ach ja, vergiss deine dicke Brieftasche nicht, meine Geldtasche ist leer. Ein Einkaufsbummel mit deiner Zukünftigen kann teuer werden.

Damit ich das nicht vergesse, Andreas! Das ist auch so ein ernstes Gesprächsthema – meine Geldbörse?! Was meinst du, mein Schatz, ab wann könnte die sich mit meiner Hilfe wieder auffüllen lassen, vorsichtig gefragt?" „Jetzt mach dir mal darüber keine Sorgen – du bist ja gerade erst angekommen. Also, mal schön langsam mit den wilden Pferden. Wir haben heute den ganzen Tag Zeit darüber zu diskutieren. Packen wir schnell unsere Sachen zusammen und danach ab zum Einkaufen."

„Halt! ich werde schnell noch Tante Helma fragen ob sie mitkommen möchte." „Gute Idee – beeilt euch!" „Ok, wir treffen uns am Auto.

Es dauert keine zwei Minuten, bis Gundula wieder bei Andreas am Auto steht. Gutgelaunt schwingt sie sich auf den Beifahrersitz und ab geht die Fahrt in Richtung Innenstadt von Hannover.

„Warum mag deine Tante nicht mit?" „Sie trifft sich zum Mittagessen mit einer guten Bekannten, und meint, im kalten Wasser rumplantschen wäre sowieso nicht ihr Ding. Dafür hat sie mir eine kleine Geldtasche in die Hand gedrückt. Hier, schau mal! Ich glaube deine Brieftasche können wir heute schonen." „Donnerwetter, das reicht für eine Weile! „Ok, Andreas, dann sollten wir den Einkaufsbummel mal so richtig genießen. Geld verdienen kann schon Spaß machen, aber Geld mit vollen Händen ausgeben können - mein lieber Andreas, da kommt die kleine nette „Gier" so richtig zum Zuge. Ok, wenn ich die Wahl hätte zwischen dem wilden Flattern meiner Schmetterlinge im Bauch, oder dem gierigen

14

Herumwühlen in den herumhängenden Klamotten in einem Kaufhaus, würde ich schon die Schmetterlinge wählen. Sie kosten kein Geld und die Freude hält auch deutlich länger an."

Allein schon die Fahrt in die Tiefgarage des Einkaufzentrums ist für Gundula ein ungewohntes Erlebnis. Tiefgaragen für die Bevölkerung in der DDR, na – es darf mal gelacht werden.

Beim Anblick der unglaublichen Vielfalt an Waren der unterschiedlichsten Art, die in diesem Kaufhaus präsentiert wird, kommt Gundula aus dem Staunen nicht heraus. Vermutlich würde sie mit Andreas stundenlang nur damit verbringen wollen, alles genau zu betrachten, anzuprobieren und – so ihr was gefällt, natürlich zu kaufen.

Nach einer Weile zeigt Andreas auf seine Armbanduhr und meint, dass das Baden bei Mondschein nicht so prickelnd wäre.

Endlich, nach einer guten Stunde haben sie die gesuchten Sachen für Gundula in der Einkaufstasche und im Kofferraum verstaut.

„So, mein Schatz, jetzt drück mal aufs Gas, mein verschwitzter Körper schreit nach der anstrengenden Einkaufstour nach einer Abkühlung."

Andreas lässt sich das natürlich nicht zweimal sagen, fährt behutsam aus der engen Tiefgarage und lenkt seinen Flitzer in Richtung Steinhuder Meer.

Bis sich eine Frau für das passende Badekostüm entscheidet, grübelt Andreas, kann einige Zeit vergehen. Ich werde das nie verstehen. Wir Männer erledigen so was kurz und schmerzlos. Ganz ohne Eitelkeit sind wir bei gewissen Situationen auch nicht, aber bitte - eine geschlagene halbe Stunde zu verplempern, um sich einen Badeanzug oder meinetwegen einen Bikini anzuziehen - na, ich weiß nicht.

Noch ist er von solchen Gedanken gefesselt, öffnet sich schwunghaft die Türe zu Gundulas Umkleidekabine.

„Na endlich! Wusstest du mein Schatz, dass viele Männer, mich eingeschlossen, mit der Geduld so ihre Probleme haben?" „Klar weiß ich das! Es gab Zeiten in unserem gemeinsamen Intimleben, da bekam ich das hie und da zu spüren. Meine lieben Schmetterlinge im Bauch konnten das Wort „Geduld" schon nicht mehr hören – gelinde formuliert. Na, das ist ja Gott sei Dank vorbei mein Schatz. Sowie sich jetzt deine Geduld zu mir verhält kann es bleiben." „Bist du sicher, Gundula? Ich könnte ja noch etwas geduldiger werden?" „Muß nicht unbedingt sein, Andreas, wirklich nicht! Keine Sorge, wenn du darauf bestehen solltest, ich halte das aus. Was sagst du zu meinem neuen Outfit? Na, ich frag nur so. Du solltest halt nicht so auf meine Narben sehen."

„Auf das grausige Thema Schuss- und Splitterverletzungen und die Folgen daraus, komme ich noch, Gundula. Übrigens – dein knallgelber Badeanzug steht dir sehr gut. Passt dir wie angegossen und das was unter dem Badeanzug versteckt ist, könnte sich auch sehen lassen, so du wolltest. Wenngleich das an diesen Strand nicht ganz ohne Risiko wäre. Nacktbaden soll angeblich am gesamten Steinhuder Meer nicht erlaubt sein." „Du willst doch nicht, ungeachtet dessen was hier erlaubt wird oder nicht, dass ich nackt am Strand herumrenne, Andreas?" „Gott bewahre, Gundula, – der Hinweis auf deine Figur war nur für mich bestimmt. So, jetzt aber ab zum Strand."

Andreas nimmt sich die Badetasche, klemmt sich ein großes Badetuch unter den Arm und schlendert mit Gundula gemütlich in Richtung Strand. Unterwegs halten sie noch kurz an einer Eisbude und schlecken Minuten später gemütlich, keine zwanzig Meter vom Wasser entfernt, ihren Eisbecher.

Aus der Nähe betrachtet könnte man zu dem Schluss kommen, dass sie den lieben Gott vermutlich einen frommen Mann sein lassen wollen – so es ihn gäbe, versteht sich! Mit Blick auf Gundulas blasse Hautfarbe nimmt sich Andreas eine Sonnenschutzcreme, und bearbeitet sorgfältig ihren gesamten Körper, der ja länger als ein Jahr die Sonnenstrahlen nur vom Hörensagen her kannte. Nicht zu übersehen sind dabei die Folgen der vielen Verletzungen, die durch Minensplitter und Querschläger von Maschinenpistolen verursacht wurden. Andreas kann nur mit dem Kopf schütteln darüber, wie das Gundula überleben konnte.

„Es ist mehr als ein großes Glück, mein Schatz, dass du jetzt so vor mir liegst." „Frag mich lieber nicht danach, das Glück allein war es nicht. Meine Beine wollten sie mir auch absägen. Wenn ich den Oberarzt vom Krankenhaus in die Hände kriege, kann er sich auf was gefasst machen, das sage ich dir. Dieses Dreckstück, das sich auch noch als Arzt ausgibt – ich erwische ihn, und wenn er sich sonst wohin verkrümeln sollte."

„Deine Gedanken kann ich nachfühlen, Gundula. Ungeachtet der Tatsache, dass dein ganzes innere „Ich" nach Rache schreit, geht es jetzt um deine Gesundheit, und nur darum. Alles zu seiner Zeit, mein Liebling – der Herr im weißen Kittel entkommt uns nicht. Wenn schon Rache, dann schon richtig. Jetzt haben wir dafür keine Zeit und die Gelegenheit, dieses Herrn habhaft zu werden sind, gelinde formuliert – extrem gefährlich. Noch existiert ja die DDR und, so wie es aussieht, hoffentlich nicht mehr lange. Wenngleich deine Beweggründe natürlich jetzt schreien und ungern warten wollen - auch klar! Die Narben werden bleiben, das können wir zwei nicht ändern, selbst wenn wir es noch so wollten. Wichtig ist, mein Schatz, dass du durch die Verletzungen nicht mehr leiden musst. Mit deiner Tante Helma habe ich bereits alles besprochen. Du wirst mit ihr am Montag zur Hausärztin fahren und alles weitere wird sie mit dir gemeinsam veranlassen." „Sag mal, Andreas, das kostet doch eine Menge Geld? Wie wollen wir das alles bezahlen. Hier, im so genannten Kapitalismus, gibt es doch nichts kostenlos? Wäre es nicht besser, ich suche mir erstmal eine Arbeit, dann bin ich wenigstens versichert. Und das mit meiner Gesundheit verschieben wir." „Nein, Gundula! Das Wichtigste bist du und nicht das Geld. Wirklich - ich meine das sehr ernst! Um die Arbeit brauchst du dir keine Sorgen zu machen. Die Rechtsanwaltskanzlei deiner Tante hat dich bereits fest im Auge. Kein Wunder bei deiner Ausbildung. Jetzt geht es nur um dich. Und was deine Frage zur Bezahlung betrifft?! Das ist hier in Westdeutschland klar geregelt, auch für Bürger die aus der DDR kommen. Für sie gelten die gleichen Rechte und ohne Ausnahmen." „Ist das so sicher, Andreas?" „Absolut, Gundula. Lass dir das kurz erklären!"

Wir beide, als ehemalige Bürger der DDR, haben unsere Staatsbürgerschaft abgegeben und wurden dadurch Bürger der Bundesrepublik Deutschland. Rechtsgrundlage dafür war unser Ausreiseantrag, verbunden mit dem Verlangen auf Aberkennung der Staatsbürgerschaft der DDR - soweit so gut!

Als Zuwanderer aus der DDR sind wir nach dem Grundgesetz der BRD deutsche Staatsbürger und damit den Bundesbürgern prinzipiell gleichgestellt. Ansprüche auf Sozialversicherungsleistungen wie Renten, Kranken- oder Arbeitslosengeld, die wir beide durch unsere berufliche Tätigkeit in der DDR erworben haben, können wir zweifelsfrei nach dem Bundesvertriebenen- und Flüchtlingsgesetz von Neunzehnhundertdreiundfünfzig geltend machen.

Darüber hinaus können wir weitere Leistungsansprüche nach dem Lastenausgleichsgesetz vom Jahr Neunzehnhundertzweiundfünfzig und nach dem Häftlingshilfegesetz vom Jahr Neunzehnhundertfünfundfünfzig anmelden. Außerdem bekommen wir finanzielle Beihilfen für die Anschaffung von Möbeln, Hausrat, Kleidung und zinsgünstige Darlehen für den Bau eines eigenen Hauses. Das entfällt, diese Unterstützung hat bereits deine Tante großzügig übernommen.

Das ganze Affentheater mit der Staatsbürgerschaft haben wir eigentlich nur der DDR zu verdanken. Dazu sollte man allerdings wissen, dass auch die erste Verfassung der DDR vom siebten Oktober Neunzehnhundertneunundvierzig festlegte, dass Deutschland eine unteilbare Republik sei und es nur eine einzige deutsche Staatsangehörigkeit geben würde. De facto wurde die DDR also ebenfalls als gesamtdeutsche Republik gegründet und strebte anfangs die Wiedervereinigung mit der Bundesrepublik Deutschland an. Die DDR änderte allerdings bereits gegen Ende der fünfziger Jahre ihren außenpolitischen Kurs, da eine Wiedervereinigung aus ihrer Sicht nicht erstrebenswert und nicht mehr realistisch sei. Sie verband ihre Interessen immer mehr mit denen der Sowjetunion und verfolgte konsequent die internationale Anerkennung und Feststellung der Souveränität beider deutschen Staaten.

Verstärkt wurde nunmehr einseitig der Bundesrepublik vorgeworfen, im Rahmen der Hallstein-Doktrin die DDR international isolieren zu wollen, und sprach auch von der Alleinvertretungsanmaßung der Bundesrepublik Deutschland.

Wieder zurück zu deinen Sorgen bezüglich des Geldes und wie wir das alles bezahlen können, mein Schatz. Die notwendigen Antragsformulare habe ich bereits angefordert. Keine Sorge, Gundula, die zuständigen Behörden sind schon seit Jahren darauf eingestellt, das klappt wie am Schnürchen. Die folgenden Wochen gehören der Wiederherstellung deiner Gesundheit, alles andere rennt uns nicht davon - Apropos „Davonrennen"!

„Du solltest heute Abend versuchen deine Mutter telefonisch zu erreichen – sie wird sich Sorgen machen." „Daran habe ich auch denken müssen. Ich versuche heute Abend eine Telefonverbindung zu kriegen. Wie du weißt, ist das alles nicht so einfach. Die DDR kassiert zwar eine Menge Geld von Westdeutschland für die Bereitstellung von Technik und Übertragungsleitungen, davon haben allerdings die Menschen in der DDR so gut wie nichts – leider! Trotzdem, ich werde mich bemühen, auch wenn ich mir dabei voraussichtlich meine Finger wundwählen werde. Die Leitungen in die DDR sind ja ständig überlastet. Frag mal meine Tante, die kann ein trauriges Lied davon singen. Was hälst du von einem wagemutigen Sprung ins kühle Nass?" „Gute Idee, und danach unternehmen wir was, um das lästige Knurren in der Magengegend zu beenden."

„Danke für die Einladung, oder kochen wir was zu Hause?" „Heute mal nicht! Ich kenne in der Nähe unserer Straße ein chinesisches Restaurant – echt lecker, was es da alles zu Essen gibt. Und das Putzigste ist – kein Essbesteck." „Na witzig - soll ich vielleicht mit den Händen essen." „Keine Sorge, Gundula, bestimmt nicht. Wir werden mit Holzstäbchen mampfen. Zugegeben, am Anfang ist das ziemlich beschwerlich und natürlich völlig ungewohnt. Denk dir nichts, nach einer Weile klappt das prima. Bei dieser Form des Essens muß man viel Zeit mitbringen und die haben wir ja."

„Seit ich in den Zuchthäusern der DDR permanent hungern musste, könnte ich ständig essen. Sollte ich die Kleidergröße vierzig überschreiten, müsstest du mich bremsen. Stell dir vor, früh und abends ein paar dünne Scheiben Brot mit Marmelade, Kunsthonig oder Fett und mittags eine dünne, schlapprige Suppe, das kann ein Mensch auf längere Zeit nicht aushalten ohne daran kaputt zu gehen. Wenn ich daran denke, und jetzt auch mitfühlen kann, wie viele Menschen in der Welt hungern müssen und sterben, wird mir echt kotzelend – entschuldige bitte Andreas. Hunger kann ver-

dammt wehtun, ich weiß was ich sage! Mir reicht das für eine Weile!

Ok, mein Schatz, lassen wir das schmerzhafte Thema. Ich freue
mich, jedenfalls auf den Chinesen, na eigentlich mehr auf das
leckere Essen – so und jetzt fix ins Wasser."

Mit einem schnellen Satz ist Gundula auf den Beinen, zieht Andreas hinter sich her und stürzt sich mit ihm in die Fluten. Na, von
wegen Fluten. Wenn sie bis zum Hals im Wasser stehen wollen,
müssen sie schon eine ganze Weile durchs flache Wasser wandern.

Die geheimnisvollen Wege eines Briefes

Die Inhalte eines Briefes sind oft geheimnisvoll.

In ihnen geht mehr vor,

als wir gewahr werden wollen.

Dietmar Dressel

Eine knusprige Ente gebacken mit Reis und Gemüse ist bestimmt lecker, überlegt Gundula. Zumal sie in der DDR ein chinesisches Restaurant überhaupt nicht kannte. Es wird möglicherweise nicht unser Stammlokal werden, es gibt ja in Hannover noch viele andere Gaststätten, die sie mit Andreas besuchen möchte. Hie und da einmal Ente gebacken, das sollte schon sein.

Die Bemühungen, am Abend ihre Mutter telefonisch zu erreichen scheitern. Aufgeschoben ist ja nicht aufgehoben, grübelt sie.

Die nächsten Tage vergehen so, wie Andreas das mit ihr ausgiebig besprochen hatte. Natürlich der Termin bei der Hausärztin, die sie gründlich untersuchte um festzustellen, ob möglicherweise noch ernste, gesundheitliche Belastungen vorhanden sind.

Gott sei Dank, abgesehen von den Schussverletzungen und ihrem schlechten gesundheitlichen Zustand, mit verursacht durch den relativ langen Zuchthausaufenthalt und den damit verbundenen extremen körperlichen und psychischen Belastungen, hat Gundula keine lebensbedrohenden Schäden und Erkrankungen hinnehmen müssen. Die Ärztin verschreibt ihr eine vierwöchige Kur, die sie umgehend antreten sollte.

Andreas kennt die Hausärztin von Tante Helma und weiß, dass Gundula bei ihr in guten Händen ist. Selbst muß er ja nicht bei jedem Termin dabei sein. Gundulas Tante weiß was zu tun ist, und begleitet ihre Nichte auch bei allen Behördengängen und Einkäufen.

Letzter Sonntag für Gundula und Andreas. Montag bringt er seinen Schatz nach Mardorf am Steinhuder Meer. Ein staatlich anerkannter Kur- und Erholungsort. Langeweile wird für Gundula bestimmt nicht so schnell aufkommen. Tante Helma meinte, dass ihre Nichte außerhalb der Behandlungszeiten genügend Abwechslung und Beschäftigung für Magen, Geist und Seele finden würde.

Egal ob sie unter den Weidenbäumen am Dorfteich, oder in einem gemütlichen Café die behagliche dörfliche Atmosphäre genießt und den Sonnenuntergang am „Steinhuder Meer" bewundert - für Gundula ist das alles Erholung pur. Nicht zu vergessen, meinte Tante Helma besinnlich, der wunderbare Sonnenaufgang, der die Seele beruhigt.

Jeden Tag den Gundula in der Klinik bei medizinischen Behandlungen und beim besinnlichen Bummeln im Ort verbringen kann, ist für sie wie ein großes Weihnachtsgeschenk. Für ihre Gemütsverfassung ist es oft nicht einfach, das alles bewusst aufzunehmen. Wie ein böser Geist schweben ängstliche Gedanken in ihrem Kopf herum so, als würde all das Schöne von einer Sekunde auf die andere in sich zusammenbrechen und die schreckliche Vergangenheit wieder über sie herfallen. Zu krass sind die Unterschiede von dem menschenverachtenden Gestern in den letzten Monaten ihres Lebens in der DDR und dem Heute in einem freien Land.

Leider, denkt Gundula wehmütig, die vier Wochen gehen heute zu Ende. Vermutlich wird mich mein Andreas gegen Mittag abholen. Eigentlich könnte ich den Rest meines Lebens zusammen mit ihm gut und gern hier in diesem wunderbaren Ort verbringen.

Plötzlich und unerwartet fühlt sie in ihren von Wehmut getragenen Gedanken – „Isi", ihre liebevolle innere Stimme.

„Sag mal, Gundula, so schön das ist, ich fühle mich ja selber hier pudelwohl. Wie wir zwei allerdings sehr genau wissen und auch zu fühlen bekamen, sind nicht alle Menschen so hilfsbereit und fürsorglich. Wir kennen auch einige Männer und Frauen, die es faustdick hinter den Ohren haben und uns beiden erheblichen, körperlichen und seelischen Schaden zufügten. Von diesem wunderschönen Kurort aus wirst du dich nicht um diese Halunken in Uniform kümmern können, damit sie das abbekommen, was sie verdient haben. Oder irre ich mich?" „Entschuldige, liebe Isi, vor lauter Wohlbehagen hier in der Klinik habe ich beinahe vergessen, dass ich mich mit Andreas und anderen Leidtragenden aus der Zeit des Zuchthausaufenthaltes in der DDR um ein paar besonders üble DDR Schergen kümmern muss und auch werde. Darauf kannst du dich verlass!"

„Apropos verlassen können. Dein zukünftiger Ehemann kommt gerade angerauscht." „Schön, dass du nicht mehr Karnickel zu ihm sagst." „Das kann ich mir guten Gewissens ersparen. Die Karnickelei ist ja bei euch beiden vorbei. Jedenfalls ist das mein Eindruck." „Stimmt - dank deines bemerkenswerten Hinweises. Manchmal wäre mir eine kurze Karnickelei gar nicht mal so unangenehm, wenn du verstehst was ich damit meine. So ein ritthafter Vortrag auf dem Kühlschrank ist anstrengend, gelinde formuliert. Vor allem dann, wenn er länger dauert. Und mein lieber Po ist davon auch nicht immer begeistert. So eine Kühlschrankplatte ist ja kein weiches Bett - versteht sich.

Entschuldige, liebe Isi, ich muß mich um meinen wackeren Andreas kümmern. Um bei dem Thema zu bleiben – vermutlich wird er auf der Heimfahrt unterwegs anhalten und mich im Wald vernaschen wollen." „Na, hoffentlich musst du dabei nicht auf einer harten Baumwurzel sitzen?" „Isi - du nun wieder - ich lege mich ins weiche Moos." „Ok, Gundula, ich verkrümle mich - bis später."

Kaum ist Isi wieder in ihrem geistigen Reich, nimmt sie Andreas fest in seine Arme.

„Du hast verlockende körperliche Formen bekommen. Muß ich mir heute Abend im Bett sehr genau ansehen." „Aha – weißt du das ich diesen Formen - vermutlich meinst du besonders die meines Hintern, meines Bauches und meiner zwei Kullern, acht Kilo Mehrgewicht zu verdanken habe. Das ist fast ein Wassereimer voll an Gewicht?!" „Mag ja sein, Gundula, aber die Mehrpfunde stehen dir prächtig. Ich mein ja nur!"

„Nein, nein Andreas, daraus wird nichts! Nur weil du mehr in den Händen haben willst, schleppe ich nicht jeden Tag acht Kilo mehr mit mir herum. Vergiss es!" „Ist ja schon gut, mein Schatz, alles musst du ja nicht wieder runterhungern. So zwei drei Kilo kannst du locker behalten." „Ach was, und vermutlich konzentriert am oberen Teil meines Oberkörpers?" „Ok, nicht alles! Du kannst so ungefähr zwei Kilo auf deinem Po anlegen.

So, jetzt aber Schluss. Das Thema verlagern wir beide in unser Schlafzimmer. Wo ist deine Reisetasche?" „Habe ich an der Rezeption der Klinik deponiert." „Also gut, dann mal los, Tante Helma wartet mit dem Kaffee auf uns beide."

Zwei Stunden später sitzen alle drei gemütlich bei Kaffee und Kuchen im Esszimmer und Gundula erzählt ihrer Tante sehr ausführlich alles was dazu beigetragen hat, ihren körperlichen und seelischen Zustand nachhaltig zu stabilisieren.

Eigentlich - meinte sie locker, fühle ich mich schon so, als hätte es die schrecklichen Erlebnisse in der DDR überhaupt nicht gegeben.

„Apropos DDR, Gundula, du hast Post aus diesem Gebiet." „Ach was, doch nicht etwa von der Stasi, oder von meinem ehemaligen Arbeitgeber, dem Amtsgericht in Magdeburg?" „Nein - von deiner Mutter." „Na, tolle Wurscht! Ich denke meine Mutter darf keine Briefe an dich schreiben, und vermutlich auch nicht an mich? Wir zwei sind doch für die Politiker in der DDR Staatsfeinde - klar, was auch sonst!" „Stimmt, Gundula, und weil diese kaputten Typen so denken, hat sich deine Mutter und ich, schließlich sind wir ja Geschwister, eine Methode ausgedacht, wie wir miteinander im Kontakt bleiben können, ohne das die wachsamen Genossen von Horch und Guck, also die wachsamen Diener vom Ministerium für Staatssicherheit der DDR was mitbekommen, was sie nicht sollen."

„Also ehrlich, Tante Helma, davon habe ich nichts gemerkt." „Das sollte auch so sein. Nicht weil dir deine Mutter misstraute, bestimmt nicht. Das Wissen darüber sollte nur in einem engen Wissenskreis bleiben. Übrigens - mein Schwager, also dein Vater, weiß davon auch nichts."

„Na, das ist ja ein Ding, das nenne ich Geheimhaltung auf höchster Ebene. Auf der Grundlage des viel zitierten Klassencharakters in der DDR ging ich immer davon aus, dass meine Mutter nicht unbedingt eine tausendprozentige Genossin sei, aber immerhin als Staatsanwältin? Alle Achtung! Das muß sich in meinem Kopf erstmal einen passenden Platz suchen."

„Und wie habt ihr das angestellt, damit die Stasi nicht hinter euren konspirativen Briefverkehr kommt?" Vergiss nicht, dass deine Mutter und ich ausgebildete Juristen sind und - beruflich bedingt, wir unsere Erfahrungen mit nicht ganz legalen Methoden und Handlungen haben. Also gut, ich seh schon, ich muss dich in unsere geheime Briefschreiberei einweihen." „Entschuldige Tante Helma, wenn das die Stasi wüsste, was ich jetzt zu hören bekomme, die würden sich vor Wut in den berühmten – na, du weißt schon wohin, beißen – so sie könnten." 2Das glaube ich auch, Gundula. So, jetzt zu den Details, wie wir das immer noch so abwickeln."

Wie du weißt, habe ich mich rechtzeitig vor dem Berliner Mauerbau über Ostberlin nach Westberlin abgesetzt.

Ich bin, wie deine Mutter Juristin, und war lange Zeit als Richterin am Landgericht in Magdeburg für so genannte Wirtschaftsverbrechen zuständig. Ich muß dir ja nicht erzählen, wie der Staatssicherheitsdienst als Untersuchungsbehörde die Gerichte in ihren Entscheidungen bevormundete. Streng genommen war ich nicht eine unabhängige Richterin, die in ihren Entscheidungen frei von politischen Zwängen war, sondern bei genauer Betrachtung war ich nur eine Erfüllungsgehilfin der Staatssicherheitsbehörde. Das man solche rechtswidrigen Abhängigkeiten auf Dauer als anständiger und selbstbewusster Mensch nicht sehr lang ertragen kann, muß ich dir nicht erzählen. Also packte ich meine Sachen und ging in den Westen. Ich war ja ledig und musste keine Rücksicht auf eine Familie nehmen.

Bevor ich abzwitscherte, vereinbarte ich mit deiner Mutter, dass ich Möglichkeiten prüfen werde, wie wir beide ständig in Kontakt bleiben können.

Bei einem Prozess gegen einen hohen Wirtschaftsfunktionär eines Magdeburger Gusseisen Werkes lernte ich einen Anwalt meiner jetzigen Wirtschafts- und Rechtsanwaltskanzlei aus Hannover kennen. Irgendwie funkte es zwischen uns beiden so heftig, dass so gewisse Gefühle geweckt wurden, die sicherlich auch mit dazu beitrugen meinen Entschluss, der DDR den Rücken zu kehren, zu beschleunigen. Später, als ich bereits in Hannover war, wurde ich in der Kanzlei dieses besagten Anwaltes als leitende Mitarbeiterin herzlich aufgenommen und – naja, den Rest kannst du dir denken. Dieser gewisse Anwalt, den ich bereits fest in mein Herz geschlossen hatte, wurde mein Ehemann. Leider verstarb er sechs Jahre nach unserer Hochzeit an einem schrecklichen Krebsleiden. Soweit so gut.

Nach dem Tod meines Ehemannes übernahm ich mit einem Kollegen die Führung der Kanzlei, die nach wie vor durch eine Mandantschaft mit einer Metallfirma aus Hannover gute Kontakte zu dieser Magdeburger Gusseisen Firma hat.

„Entschuldige bitte, Tante Helma, ich sehe da keinen Zusammenhang zwischen dir und meiner Mutter?" „Jetzt sei halt nicht so ungeduldig, kommt ja alles noch! Am besten wird sein, ich erzähle euch beiden wie wir unseren geheimen Briefverkehr organisiert haben, ohne das es aufflog, na - jedenfalls bis heute. Was weiß man schon was morgen alles so passieren kann."

„Entschuldige, Tante Helma, das ist ja fast wie im Kino!" „So ungefähr kann man das sehen, Gundula. Zumindest war und ist es immer noch für einige Menschen, die uns bei dem Briefwechsel behilflich sind, nicht ganz ungefährlich. Also - hört zu!"

Ich hatte vor längerer Zeit den Verkaufsleiter der Metallfirma aus Hannover gefragt, ob er sich vorstellen könnte, hie und da als geheimer Postbote neben seiner eigentlichen Tätigkeit zu arbeiten. Natürlich erklärte ich ihm auch die Beweggründe und machte ihm deutlich, dass es sich nicht um Spionage oder ähnliche gefährliche Handlungen handeln würde, sondern lediglich um den Austausch von privater Post, die offiziell zwischen mir und meiner Schwester in Magdeburg, aufgrund ihrer beruflichen Stellung, nicht erlaubt wäre. Das unerlaubte Umgehen des Postgeheimnisses – also das unerlaubte Öffnen von Briefen usw. war und ist in der DDR formal in § einhundertfünfunddreißig und zweihundertzwei unter Strafe gestellt, jedenfalls dem Gesetz nach. Dennoch erfolgt eine systematische Kontrolle aller Postsendungen aus oder in die Bundesrepublik Deutschland durch die Abteilung „M" des Ministeriums für Staatssicherheit. Diese Typen vom Horch und Guck arbeiteten natürlich eng mit der Deutschen Post in der DDR zusammen, versteht sich. Innerhalb der Postdienststellen schnüffelte die Stasikontrolle unter der Tarnbezeichnung „Abteilung zwölf". Diesem Risiko wollten sich deine Mutter und ich natürlich nicht aussetzen.

Wie wir wussten, waren Vertreter von westdeutschen Firmen, die dazu beitragen ordentlich Westgeld in die leeren Kassen der DDR zu spülen, diesen ungesetzlichen Überprüfungen nicht so ausgesetzt wie die eigenen Bürger in der DDR. So weit so gut!

Besagter Verkaufsleiter erklärte sich für diese kleine aufregende „Agententätigkeit" bereit und versprach, sie mit entsprechender Sorgfalt und Vorsicht zu organisieren. Mit deiner Mutter klärte ich vor meiner Flucht noch ab, wer in Magdeburg die Briefe von ihr entgegen nehmen würde und an die richtige Person weiterleiten könnte.

Eine Kellnerin vom Magdeburger Interhotel, eine enge und zuverlässige Schulfreundin deiner Mutter, war dafür bestens geeignet. Damit standen die Beteiligten fest und es ging nur noch um die Organisation des Briefaustausches. Hatte ich ein Schreiben für deine Mutter, nahm es der Verkaufsleiter mit und übergab es unauffällig dieser besagten Kellnerin. Mittels Passfoto war es für ihn kein besonders schwieriges Problem auch die richtige zu finden und den Erstkontakt zu knüpfen.

Die wiederum legte den Brief, wenn deine Mutter zum Essen kam, unauffällig in eine Speiskarte. Der Rest war eine Kleinigkeit. Hatte deine Mutter einen Brief für mich verlief das ganze geheimnisvolle Prozedere in umgekehrter Richtung.

„Also, liebe Tante, nichts gegen einen Krimi - mutig, mutig von diesem Verkaufsleiter und der Kellnerin." „Das kann man so sagen! Allerdings - so ganz uneigennützig war das von den Beteiligten auch nicht. Die Metallfirma hier in Hannover wurde und wird von unserer Kanzlei immer sorgfältig und zielorientiert vertreten und die Kellnerin bekommt für ihre geheimen Dienste ein paar blaue Fliesen zugesteckt." „Ha, entschuldige bitte, Tante Helma, was will denn eine Kellnerin mit blauen Fliesen – also, ich weiß nicht!?" „Entschuldige, Gundula, hab ich vergessen zu erwähnen. Blaue Fliesen ist die heimliche Bezeichnung für die hundert DM Scheine der Bundesrepublik Deutschland. Jetzt aber Schluss mit der Brief-geschichte! Ihr wollt ja morgen bestimmt wieder zum Steinhuder Meer. Hier ist dein Brief, meinen habe ich bereits behalten. Viel Spaß und seit bitte morgen Abend pünktlich zum Essen zu Hause!"

„Was ist, kommst du morgen nicht mit? Deine Haut freut sich be-stimmt über ein paar warme Sonnenstrahlen und Schwimmen soll gesund sein, na - wird jedenfalls behauptet." „Stimmt ja alles was du sagst, trotzdem - fahrt mal schön allein, ich habe noch im Gar-ten zu tun." „Womöglich kommt auch ein heimlicher Gartenfreund des Weges und findet einen Zugang zu deiner Gartenlaube, Tante Helma, was dann?" „Vielleicht Gundula – also tschüss ihr zwei, bis morgen Abend!"

Gundula und Andreas helfen ihrer Tante noch schnell das Geschirr vom Esstisch zu räumen und Minuten später sitzen sie in ihrem Wohnzimmer auf der Couch und überlegen wie sie den Inhalt des dicken Briefes geistig am angenehmsten verarbeiten können.

„Ich habe eine Idee! Weißt du was, Andreas? Du stellst eine volle Flasche Sekt kalt. Nimm den Krimsekt! Es heißt ja so schön im Volksmund der DDR – „lieber die Russen im Magen, als den Kom-munismus im Kopf – kleiner Scherz. Und vergiss bitte nicht ein paar Knabbereien auf den Tisch zu stellen. In der Zwischenzeit lese ich den Brief und anschließend besprechen wir beide was meine

Eltern so geschrieben haben." „Ok, mein Liebling, so machen wir das!"

Wie besprochen räumt Andreas alles auf den Tisch, über das der Magen bestimmt nicht traurig sein wird. Anschließend packt er die Badetasche und lässt sich dabei viel Zeit. Gundula soll ja in Ruhe lesen können, was es Neues aus der DDR zu berichten gibt.

An der Mimik von Gundulas Gesichtsausdruck kann er leicht erkennen was in ihr vorgeht. Völlig verheult hält sie den Brief hoch und schreit ihre Wut und Hilflosigkeit heraus. Andreas macht das einzig richtige. Kurz entschlossen nimmt er sie in den Arm und mit der freien Hand hält er ihr ein volles Glas Sekt an den Mund.

Langsam beruhigt sich Gundula, und dabei kuschelt sie sich hilfesuchend an seine Brust. Mag der Alkohol bereits zu wirken beginnen, oder seine angenehme Körperwärme ihre Sinnlichkeit anregen, das Gelesene sucht dringend nach einer liebevollen Entspannung. Der Brief mit seinem traurigen Inhalt rennt ja nicht davon.

Nach einer ganzen Weile löst sich Andreas behutsam aus den Armen von Gundula und legt vorsichtig eine Decke über ihren Körper. Ihr gleichmäßiges, ruhiges Atmen lässt vermuten in welcher Welt sich ihre Gedanken bereits aufhalten. Andreas nimmt die Gelegenheit beim Schopf und vertieft sich in das Schreiben von Gundulas Eltern. Aus dem Brief kann er unschwer entnehmen, dass die Staatsmacht der DDR mit voller Wucht in das Familienleben von Gundulas und auch von seinen Eltern eingeschlagen hat. Von wegen Sippenhaft gab es nur im Dritten Reich und im Christentum, überlegt Andreas – geradezu lachhaft, wenn es nicht so ernst wäre. Die Sippenhaftung oder Sippenhaft wie sie auch bezeichnet wird, muss sich nicht zwangsweise strafrechtlich relevant verwirklichen. Was ja bedeuten würde, dass alle indirekt beteiligten und mitwissenden Familienangehörigen schnur stracks in ein Zuchthaus der

DDR verschwinden – Nein! Dafür waren die Stasiköpfe zu schlau. Was sollte denn das westliche Ausland darüber denken? Schließlich ist die DDR ein demokratischer Staat, was sonst?! Solche Tatbestände wie Sippenhaft wurden von den Herrn in der prächtigen Stasiuniform zwar sehr rabiat, aber möglichst unbemerkt von der Öffentlichkeit, praxisnah angewendet.

Gundulas Mutter wurde fristlos als Staatsanwältin entlassen, und auf die Straße gesetzt. Außerdem nahm man ihr die Möglichkeit an einem Gericht der DDR, gleich in welcher Dienststellung, tätig zu werden. Zum Glück fand sie in einer Rechtsanwaltskanzlei in Magdeburg eine Anstellung als Sachbearbeiterin für Strafrechtsfälle.

Ihrem Vater erging es nicht viel anders. Er wurde als Offizier der Nationalen Volksarmee degradiert und mit Schimpf und Schande entlassen. Eine andere Anstellung oder ein zumutbares Arbeitsverhältnis hat er, so schreibt jedenfalls ihre Mutter, noch nicht gefunden. Bei einem Gespräch im Arbeitsamt von Magdeburg wurde ihm eine Arbeit bei der städtischen Müllentsorgung angeboten. Bei diesem Gespräch soll die Sachbearbeiterin keine Mine verzogen haben – auch klar, sie erfüllt ja nur ihre Pflicht. Außerdem, der Vater einer Landesverräterin, na - da hört sich alles auf!

Auch seine Eltern, so kann er es jedenfalls aus dem Brief entnehmen, mussten erhebliche Einschnitte in ihrem Berufsleben hinnehmen. Sein Vater verlor seinen Job als Werkstattmeister in einem Kfz – Betrieb und muß jetzt als Automechaniker für deutlich weniger Lohn arbeiten. Die lukrativen Trinkgelder von Kunden sind natürlich auch futsch.

Seine Mutter, als Verkaufsstellenleiterin in einem Intershop Laden, wurde kurzerhand zur Verkäuferin in einem Konsum Laden umgeschult - mit ganz erheblichen wirtschaftlichen Nachteilen. Das alles, so schreibt Gundulas Mutter, geschah in Windeseile und ohne das sie um ihre Meinung gefragt wurden. Alles andere was im Brief steht ist eher erfreulich. Wie Gundulas Mutter schreibt, geht es ihnen und auch seinen Eltern den veränderten Umständen entsprechend gut. Beide Eltern, so kann Andreas unschwer den Eindruck gewinnen, machen das einzig richtige, sie rücken näher zusammen und genießen das ungewohnte „Mehr" an stressfreier Zeit.

Auch die regelmäßigen Pakete von Tante Helma, mit leckeren Genussmitteln, die es so in der DDR nicht gibt, tragen dazu bei, den wirtschaftlichen Verlust leichter zu verkraften.

Am Schluss des Briefes meint Gundulas Mutter, dass sie wichtige Informationen für sie hätte, die natürlich auch Andreas berühren würden. Ohne näher darauf einzugehen weist sie darauf hin, dass sie in der übernächsten Woche nach Klodzko fahren würde. Eine kleine Stadt in Polen in unmittelbarer Nachbarschaft zur Tschechei. Am Sonntag, also am letzten Tag ihres Urlaubes, würde sie über Prag wieder zurück nach Magdeburg fahren. An sich, so meint sie, eine günstige Gelegenheit, um sich in dieser Stadt am Wenzels Platz – genauer am Fuße der Reiterstatue des Heiligen Wenzel zu treffen. Sie würde, so meint sie, bis nachmittags fünfzehn Uhr dort warten. Es wäre für das, was ich euch zu sagen habe, wirklich wichtig, wenn wir uns treffen könnten! Ein Wochenendausflug in die tschechische Hauptstadt ist ja nicht eine Reise ans Ende der Welt. Aus Sicherheitsgründen würde ich allerdings eindringlich davon abraten, dass Andreas mitfährt. Er steht auf der heißen Liste von Republikflüchtigen, die es geschafft haben, den DDR Grenzsoldaten der DDR ein Schnippchen zu schlagen und heil und gesund in der Bundesrepublik Deutschland ankamen. Das sehen die obersten Herrn der Stasi nicht so gern, und der DDR Staatskasse für kapitalistische Devisen bekommt das auch nicht besonders gut, das versteht ihr ja. Staatsverräter sollen ja den Weg über ein Zuchthaus der DDR nehmen, um gegen lukrative Westmark den Weg in die BRD anzutreten. Mit einer Verhaftung, bei seiner Einreise in die Tschechei, muß Andreas ernsthaft rechnen. Also - besser wird sein, liebe Tochter, du fährst mit Tante Helma – das ist jedenfalls sicherer! Ihr könnt ja das Wochenende in Prag verbringen. Ein gutes Hotel hat für Bürger aus der Bundesrepublik Deutschland immer freie Betten.

Wenn wir uns am besagten Tag treffen können, ruft mich an und lasst so nebenbei anklingen, dass ihr zu dieser Zeit nach München fahren wollt. Ich weiß dann, dass wir uns in Prag treffen werden. Die Stasi hört ja alle Telefonate aus dem Westen ab. Die müssen ja nicht mitbekommen was wir vorhaben.

So weit so gut, denkt Andreas. Sicherlich, hat Gundulas Mutter eine Menge Informationen über Personen zusammengetragen, die in signifikanter Weise geeignet sind, die abscheulichsten Übeltäter dieser menschenverachtenden Handlungen an politischen Häftlingen zu überführen, sobald der Tag dafür kommen wird, und er wird kommen! Wie heißt es so zutreffend im Volksmund – „man sieht sich im Leben meistens zweimal."

Ok, denkt Andreas, das kann ich mit Gundula auch morgen zum Frühstück besprechen – jetzt ist erstmal Feierabend für heute und ein erholsamer Schlaf ist genau das richtige für mich!

Ein heimlicher Besuch in Prag

Was nützt uns ein voller Bauch, wenn die Freiheit des Geistes Hunger leidet.

Dietmar Dressel

Ein verlockender Kaffeeduft schlängelt sich behutsam bei Andreas durch seine Nase ins zuständige Geruchszentrum und lässt ihn für einige Sekunden im Ungewissen darüber, ob er noch im Traumland geistig verweilt, oder ganz reale Düfte aus der Küche das Frühstück bereits gedanklich vorbereiten sollen. Doch ein mahnender Ruf von Gundula bringt ihn schnell in die Wirklichkeit zurück.

„Andreas - unser Frühstück kann nicht ewig warten. Heb dich aus den Federn, wir wollen noch zum Steinhuder Meer. Oder hat dich der Brief meiner Mutter völlig aus dem Konzept gebracht?“

„Guten Morgen, mein Schatz. Na, wie man's nimmt. Teils bin ich froh darüber zu wissen wie es deinen und meinen Eltern nach unserer Flucht ergangen ist, allerdings ist das „Wie“ es ihnen jetzt geht echt niederdrückend. Von wegen Sippenhaft gab es nur im Nazi Reich und im Christentum – geradezu lächerlich!“ „Jetzt ärgere dich halt nicht so, Andreas! Du hast ja Mutters Brief gelesen, und so wie sie schreibt, scheint das sozialistische System in der DDR mehr als nur zu wackeln. Ständig gehen in großen Städten, besonders in Leipzig und Dresden, die Menschen auf die Straße um ihren Willen nach einer Wiedervereinigung mit der Bundesrepublik Deutschland ohne Kommunismus zum Ausdruck zu bringen. Und warum sie das so und nicht anders wollen, tragen sie bereits offen zur Schau. Zumindest, schreibt jedenfalls meine Mutter, scheint der Machtapparat der DDR dagegen nicht gewaltsam und in der bekannten Art und Weise vorzugehen. Vermutlich haben die führenden Genossen im Zentralkomitee der DDR Order aus

35

Moskau, sich nicht wie eine wilde Herde Büffel über die Demonstranten herzumachen. Ja, ja der Herr Gorbatschow mit seiner Perestroika hat da was in Bewegung gesetzt, dass den Parteigenossen und den Stasifritzen ganz erhebliche Existenzängste bereitet.

Aber gut, das ist momentan nicht unser Problem. Mama will uns sprechen. Das heißt eigentlich mehr mit mir. Bei dir besteht ja die Gefahr, dass man dich, trotz der Aufbruchsstimmung in der DDR, nach bewährter Methode verhaften wird. Wie soll ich denn alleine nach Prag kommen, Andreas?" „Gute Frage, mein Schatz! Mit dem Auto ist das bestimmt ziemlich aufwendig und zeitraubend. Und allein schon gleich gar nicht. Ich denke, du solltest mit deiner Tante nach Prag fliegen. Das geht schnell und ist, so denke ich, am ungefährlichsten für euch beide. Auch könnten sich nach langer Zeit deine Mutter und ihre Schwester mal wieder in die Arme nehmen. Der Flug kostet gegebenenfalls etwas mehr, ist aber das einzige, was man als Nachteil bezeichnen müsste - wenn überhaupt."

„Ok. Andreas, das besprechen wir heute Abend mit meiner Tante. So, und jetzt ab zum Steinhuder Meer." „Hast du die Badetasche schon gepackt?" „Klaro, schon im Auto!"

Das Abendessen mit Tante Helma ist bereits mit großem Appetit verputzt und gut aufgehoben dort, wo es bereits erwartet wurde. Baden soll ja bekanntlich hungrig machen.

Auf dem Tisch stehen eine Flasche Rotwein und drei halbvolle Gläser nebst einer Schale mit Erdnüssen.

„Was schaut ihr mich so erwartungsvoll an, es gibt heute keine Nachspeise. Die rote Grütze mit Vanillesoße ist alle!" „Kein Problem, liebe Tante, meine Rundungen sind sowieso zu üppig geworden. Natürlich nicht für meinen lieben Andreas. Ihm ist etwas mehr von diesen gewissen Füllungen an bestimmten Körperteilen bei mir in seinen Händen lieber. Nein, das ist es nicht was uns beide momentan drückt. Du hast ja auch Mamas Brief gelesen. Sie will uns übernächstes Wochenende, so möglich, in Prag treffen. Andreas kann nicht mitfahren. Die Gefahr, dass er bei der Einreise in die Tschechei verhaftet wird ist bedenklich groß, und allein will ich nicht fahren. Es wäre für mich eine große Hilfe, wenn du mich begleiten würdest?" „Kein Problem, Gundula, ich habe mir so was „Ähnliches" schon gedacht. Hast du dir schon überlegt wie wir beide nach Prag kommen sollen? So um die Ecke liegt das ja nicht?"

„Das stimmt! Andreas meinte, wir beide könnten ja nach Prag fliegen. Was meinst du dazu?" „Ok, die Idee ist nicht übel - so machen wir das. So, und nun häng dich ans Telefon und versuch deine Mutter zu erreichen. Sie will ja wissen, ob ihr am besagten Wochenende, natürlich nur zum Schein, nach München fahren wollt, damit sie in Prag nicht umsonst warten muß - um die Flugtickets kümmre ich mich." „Danke, Tante Helma, du bist ein Schatz!" Das weiß ich doch – so, und jetzt gute Nacht ihr zwei Turteltauben. Halt - beinahe hätte ich vergessen dir zu sagen, dass du morgen deinen ersten Arbeitstag in unserer Kanzlei hast. Ich hole dich so gegen neun Uhr ab." „Danke, Tante Helma – und gute Nacht - bis morgen. Wenn du willst können wir ja zusammen frühstücken, Andreas muß schon früh um sieben mit dem Flieger weg nach Frankfurt." „Einverstanden, Gundula, dann komm bitte so gegen halb neun zu mir rüber und nach dem Essen fahren wir gemeinsam ins Büro." „Gute Nacht Tante und danke für das leckere Essen!" „Gute Nacht ihr zwei und sperrt die Haustüre hinter euch zu!"

„So nahe bei meiner Tante zu wohnen hat auch seine Vorteile." „Das kann man so sagen, mein Schatz. Lange Fußmärsche zur eigenen Hütte fallen da glatt ins Wasser." „Ok, Andreas, wenn du willst, kannst du dich im Schlafzimmer verkrümeln, ich versuch Mama telefonisch zu erreichen und das kann dauern." „Mach ich, wenn es Probleme geben sollte kannst du mich ja wecken."

Mehr als zwei Stunden benötigt Gundula, bis die Telefonverbindung nach Magdeburg endlich zustande kommt. Ihre Mutter verwickelt sie während der Unterhaltung in ein belangloses Gespräch über ihre Arbeit und was so alles an Informationen und Sachinhalten auf sie einströmt. So ganz nebenbei erwähnt sie, dass sie mit Andreas am übernächsten Wochenende einen Berufskollegen von ihm in München besuchen wollen, um die Sehenswürdigkeiten von München zu bewundern. Die Großeltern einer Leidensgefährtin aus dem Zuchthaus Hoheneck wollen sie auch besuchen. Vielleicht wissen sie schon Näheres darüber, wann ihre Freundin Katrin von der Bundesrepublik Deutschland abgekauft wird und in den Westen übersiedeln kann.

Ihre Mutter meinte wohl, dass sie auf Stadtbesichtigungen nicht so besonders steht, alte imposante Denkmäler würden sie schon interessieren. Besonders große Reiterstatuen haben etwas Magisches für sie an sich.

Nach dem Gespräch wissen beide - Mutter und Tochter - dass sie sich in Prag sehen werden, nur das allein zählt. Alles andere während des langen Telefonats war nur liebevolles, verbales Beiwerk.

Die folgenden Tage in der Kanzlei ihrer Tante sind ausgefüllt mit so typischen Büroarbeiten, wie sie Gundula aus ihrer früheren Tätigkeit im Amtsgericht Magdeburg bereits kannte.

Wenn sie sich Schriftsätze aus anhängigen Rechtsfällen aus dem Bereich Vertrags- und Schuldrecht durchliest, kann sie keine wesentlichen Unterschiede zu gleichgelagerten Fällen aus der DDR erkennen. Was soll's, grübelt Gundula, ein Vertrag ist halt ein Vertrag, egal wo und mit wem man solche Vereinbarungen schließt. Zugegeben, denkt sie, mit der Stasi möchte ich keine vertraglichen Abmachungen eingehen, die sind ja nicht mal das Papier wert, auf das sie geschrieben wäre.

Ganz nebenbei soll sie sich auch noch mit den wichtigsten Absätzen über das Schuld- und Familienrecht im Bürgerlichen Gesetzbuch geistig beschäftigen. Alles in allem, keine leichten Tage für Gundula und abends büffelt sie mit ihrer Tante bei Rotwein und Knabbereien Kommentare zum Erbrecht durch.

Freitag am späten Vormittag, es ist so weit. Andreas fährt Gundula und ihre Tante Helma zum Flughafen von Hannover, hilft ihnen beim Einchecken und spart dabei nicht mit guten Ratschlägen wie sie sich in Prag möglichst unauffällig verhalten sollten. Auch der eine oder andere Einkaufsbummel trägt dazu bei, dass sich nicht bestimmte Augen und Ohren auf sie konzentrieren.

Bevor Tante Helma und Gundula sich bei der Passkontrolle anstellen, ruft er seinen Schatz noch schnell zu, dass ein Anruf von ihnen seine Unruhe deutlich reduzieren würde.

Minuten später sieht er nur noch die winkende Hand von Gundula, die Augenblicke später im Gewühle der vielen Fluggäste nicht mehr zu sehen ist.

Andreas ist allein und hofft, dass er am Sonntag beide wohlbehalten und mit wichtigen Informationen hier vom Flughafen in Hannover abholen kann. Die Nacht vom Sonntag zum Montag wird mit Sicherheit lang werden und die Unterhaltung vermutlich kein Ende finden wollen.

Während sich Andreas auf das baldige Wiedersehen mit Gundula und Tante Helma freut, nimmt die Maschine der Lufthansa seinen

Weg nach Prag. Für zwei der Fluggäste ist diese Stadt nicht unbedingt ein lohnendes Reiseziel, um durch Museen zu schlendern, einen Stadtbummel zu machen oder gemütlich durch die Kaufpassagen zu laufen, bestimmt nicht! Sie freuen sich auf das langersehnte Wiedersehen mit Gundulas Eltern und auf Informationen die ihnen helfen werden, insbesondere für Gundula, rechtliche Schritte einzuleiten gegen die, die sie so behandelt haben wie sie es hätten nicht dürfen. Letztlich brüstet sich die Staatsführung immer in der Weltöffentlichkeit damit, die Menschenrechte einzuhalten – schließlich ist die DDR ein demokratischer Rechtsstaat, was sonst?!

Kaum am Flughafen in Prag angekommen, befällt sie beim Anblick der vielen Männer und Frauen in Uniform ein nicht beschreibbares Gefühl der Angst und der Hilflosigkeit. Einerseits gewinnen sie den Eindruck willkommen zu sein, vermutlich wegen der gern gesehenen Westwährung die sie hoffentlich auch mit vollen Händen ausgeben werden, andererseits hätte man die Touristen aus dem kapitalistischen Ausland vermutlich schnell wieder los, natürlich nachdem sie ihr Geld ausgegeben haben. Die Gäste aus dem westlichen Ausland hinterlassen ja nicht nur ihre Moneten in der Tschechei, sondern auch Informationen durch Gespräche, die sie bei allen sich bietenden Möglichkeiten führen. Das weiß die Staatsführung und sieht das natürlich nicht so gern. Eine bizarre Situation, in die man sich vermutlich nur begibt, wenn es dafür handfeste Gründe gibt.

Im Hotel Stadt Praha angekommen, ist die Stimmung die Tante Helma und Gundula empfängt, deutlich entspannter. Ein Doppelzinmner für zwei Personen hatte Andreas vorsorglich telefonisch von Hannover aus bereits reserviert. Ihre wenigen Sachen räumen sie in die Schränke und anschließend sitzen beide im Restaurant beim Mittagessen. Als Vorspeise wählen sie eine Dillsuppe und als Hauptgang ein Lachsgericht - auf die Nachspeise verzichten sie.

Die vom Hotel angebotene Stadtrundfahrt kommt ihnen sehr gelegen, obwohl sie für den saftigen Preis der dafür verlangt wird, bequem nach Budapest fahren könnten. Was solls, denken beide, zu Hause können sie dann wenigsten etwas über die goldene Stadt an der Moldau erzählen. Übrigens - eine Stadt mit zwei Gesichtern. Ein scheinbar friedlich lächelndes Antlitz für die vielen Touristen aus dem westlichen Ausland und ein tief trauriges Gesicht, das die Bewohner dieser so genannten goldenen Stadt an den politischen Frühling neunzehnhundertachtundsechzig sehr leidvoll erinnert.

In diesen denkwürdigen Monaten wurde von den Menschen in der Tschechei in friedlicher Weise dafür demonstriert, um den vorherrschenden, autoritären Sozialismus - viele Tschechen bezeichneten ihn auch als purpur roten Faschismus, durch einen Sozialismus mit einem menschlichen Antlitz zu ersetzen. Das wurde allerdings mit aller Konsequenz und menschenverachtender Gewalt von Truppen des Warschauer Paktes niedergeknüppelt.

Diese noch in Ketten gefesselte Sehnsucht nach Freiheit, die ihre Befreiung sucht, ist in der Stadt, bei ihren Bewohnern und, so scheint es, auch in der Luft zu spüren. Sie bemüht sich unaufhörlich den Menschen Mut zu machen und in ihren Bemühungen nicht innezuhalten. Nicht selten verlieren allerdings die Menschen beim Anblick der allgegenwärtigen Staatsgewalt in Uniform mit ihren Gummiknüppeln die Beherztheit. Und so herrschen bei den meisten Menschen Angst, Sorge und Verzweiflung, was man an ihren Gesichtern gut ablesen kann.

Den Samstag vertrödeln Gundula und ihre Tante mit nebensächlichen Einkäufen, damit sie wenigstens beim Heimflug an den Kontrollen am Prager Flughafen den Eindruck erwecken, warum sie eigentlich ein Wochenende in Prag verbrachten.

Endlich Sonntag – der Tag ihres eigentlichen Hierseins. Schon seit Mittag sitzen sie zu Füßen des Reiterdenkmals vom mutigen Wenzel. Wer sich bis jetzt noch nicht sehen ließ, sind Gundulas Eltern. Schon schleicht sich bei beiden das unangenehme Gefühl ein, dass der Ausflug nach Prag umsonst gewesen sein könnte, als sich eine feste Hand auf Gundulas Schulter legt und nicht mehr loslässt. Für einen kurzen Augenblick wagt sie sich nicht sich umzudrehen. Es könnte ja auch ein tschechischer Polizist sein - aber dann ein erlösender, leiser Ruf – Mama, Papa - ich bin so froh das ihr da seid.

Schnell sind Tante Helma und Gundula auf den Beinen und wenige Augenblicke später sind sie mit Otto - Gundulas Vater und Helmas Schwager, und Erika - Gundulas Mutter und Helmas Schwester nur noch ein fest umschlungenes Menschenknäuel. Tränen fließen und ihre Gesichter strahlen vor Freude sich endlich in den Armen halten zu können.

Behutsam löst sich Gundulas Vater aus der Umarmung und meint, dass es wohl besser wäre ein Restaurant aufzusuchen, das auch Plätze im Freien anbietet. Bei dem prächtigen Wetter und dem was sie sich zu erzählen haben, sind geschlossene Räume denkbar ungeeignet. Solche Überwachungsorganisationen wie die Stasi in der DDR gibt es in allen sozialistischen Staaten. Das ist so sicher wie das Amen in der Kirche.

Keine hundert Meter entfernt vom Reiterdenkmal finden sie genau das was sie suchen. Kaum haben sie an einem Vierertisch Platz genommen, kommt auch schon eine freundliche Kellnerin und fragt sie nach ihren Wünschen. Sie bestellen ein typisch tschechisches Mittagsgericht – gefüllte böhmische Knödel mit Sauerbraten und Blaukraut und zur besseren Verdauung einen Karlsbader Bitterbecher.

Tante Helma, die Zwillingsschwester von Gundulas Mutter, ist als erste mit dem Essen fertig und wendet sich an ihre Schwester.

„Sag mal, Erika, trotz allem was wir alle gemeinsam in letzter Zeit durchmachen mussten, du hast dich kaum verändert, und meinen Schwager würde ich, so wie er ausschaut, auf der Stelle heiraten." „Es stimmt schon was du sagst, Helma, wir haben durch die letzten Ereignisse natürlich einiges verloren, was unser bisheriges Leben prägte – richtig! Andererseits habe ich mit Otto auch eine Menge hinzugewonnen, das an uns bisher grüßend vorüber zog. Kurz gesagt, wir fühlen uns in unserer neuen Berufs- und Lebensweise pudelwohl. Außerdem - so denken wir, ist die Auflösung der DDR als Staatssystem nur noch eine Frage von Monaten. Ich bin mir mit meinem lieben Männe ziemlich sicher, dass wir nach der Eingliederung der DDR in ein demokratisches Gesamtdeutschland in unseren Beruf wieder zurückkehren können. Wir haben beide unseren Job so gemacht, dass wir politisch Andersdenkenden keinen Schaden zufügten."

„Das glaube ich auch, Erika. Was ich euch beide schon immer mal fragen wollte – ist euch nicht mal der Gedanke gekommen, so wie ich, die Seiten zu wechseln?" „Was soll ich dir darauf antworten, Helma?! Mein Männe und ich waren uns dessen völlig bewusst, dass es nur wenige Augenblicke im Leben gibt, wo wir erkennen werden, dass wir handeln müssen, auch wenn Freunde und Verwandte auf den von uns gewählten Weg nicht mitgehen können, oder nicht wollen. Die leise innere Stimme, liebe Schwester, muss im Zweifel immer die letzte Entscheidung treffen. Auf diese Stimme haben wir nicht gehört, und jetzt frag mich nicht warum! Wir können unser gemeinsames Leben der letzten dreißig Jahre nicht mehr ändern. Aber gut, lassen wir das Thema!

Wenn ich das Gesicht meiner Tochter betrachte, kann sie es vermutlich kaum noch erwarten, ob ich etwas zu den Personen sagen kann, die sich in abscheulicher Weise an ihr und an anderen politischen Gefangenen vergriffen haben." „Stimmt, Mama! Erstmal bin ich glücklich darüber, dass du und Papa mit mir hier am Tisch sitzen könnt. Und, so wie Tante Helma sagt, eure Gesichter nicht vor Leid und Kummer schreien. Das ist für mein kleines Herz mehr als ich zu hoffen wagte."

„Mach dir darüber keine Sorgen, Gundula, uns geht es gut und ich sage das ohne jegliche Einschränkungen. Du und Andreas, ihr beide seit in Sicherheit. Und damit euch der Anfang in der neuen Welt nicht schwer fällt, hat meine liebe Schwester euch auch noch ein Haus geschenkt. Wir beide, dein Vater und ich, genießen die vielen leckeren Sachen die wir jeden Monat von euch zugeschickt bekommen.

Ganz besonders schätzen wir mehr und mehr das neue Leben, das uns nicht mehr täglich in eine bestimmte politische Jacke presst.

Liebe Helma, von mir und Otto ein inniges Danke dafür, was du für unsere große Familie alles unternimmst, damit wir angenehmer das Leben genießen können." „Ich tu das gern, Erika. Ihr seid für mich meine große Familie und so soll es bleiben. Übrigens – wenn das so eintreffen sollte, ich meine das mit dem Zusammenbruch der DDR, unsere Anwaltskanzlei in Hannover würde sich über eine fachkompetente Strafverteidigerin freuen, und für meinen lieben Schwager finden wir ganz sicher auch ein Betätigungsfeld, das ihm Freude machen wird. Aber - kommt Zeit kommt Rat!

Jetzt zu Gundula. Unsere Zeit ist knapp, wir müssen spätestens um sechszehn Uhr am Flughafen sein."

„Ok, Gundula, dann lass dir mal von deiner Mutter erzählen was in den letzten zwei Monaten alles passierte - bitte Erika, lass dich nicht bremsen." „Ok, dann will ich mal, meine liebe Tochter, aber halte dich gut am Stuhl fest!"

Am Anfang eine Überraschung für unseren zukünftigen Schwiegersohn Andreas. Es betrifft seinen geschätzten Busenfreund, Jugendgefährten und Sportskameraden aus der Fußballmannschaft in der Gemeinde Niederndodeleben. Du erinnerst dich bestimmt an den gemeinsamen Wochenendausflug vor eurem Urlaub bei Tante Gerda und Onkel Hans in Grobes.

„Ich erinnere mich sehr gut an die zwei Tage, Mama, er ist nicht unbedingt mein Typ, aber sehr kameradschaftlich und nett ist er. Zumindest traf das zu, als wir mit ihm zusammen waren." „Nett ist gut, Gundula! Du kannst Andreas ausrichten, dass ihn sein besagter Freund jahrelang bespitzelt und ausgehorcht hat – er ist, oder richtiger gesagt noch, inoffizieller Mitarbeiter der Stasi. Und wie du weißt, ist ein „Inoffizieller Mitarbeiter", oder wie sie von früheren deutschen Polizeidiensten als V-Mann auch umgangssprachlich genannt wurden, in der DDR eine Person, die verdeckt Informationen an das Ministerium für Staatssicherheit freiwillig liefert, oder auf Ereignisse oder Personen steuernd Einfluss nehmen soll, ohne formal erkennbar für diese Behörde zu arbeiten.

Mit seinen zuletzt rund einhunderteinundneunzigtausend Angehörigen deckte das Netz aus „Inoffiziellen Mitarbeitern" nahezu alle gesellschaftlichen Bereiche der DDR ab, und bildete somit eines der wichtigsten Repressionsinstrumente und Stützen des DDR Systems. Ich weiß was ich sage, meine liebe Tochter. Du kennst ja vom Amtsgericht Magdeburg unseren Stasiinformanten Günther. Übrigens - nicht der Einzige dieser Art am Gericht. Nichts anderes war und ist der Busenfreund von Andreas."

„Nein! Das darf doch nicht wahr sein. Die beiden kennen sich ja schon aus dem Sandkasten im Kindergarten und sind, so jedenfalls die Meinung von Andreas, unzertrennliche Freunde. Na, das ist 'n Ding. Da wird mein liebes Männe eine Weile daran zu knabbern haben. Und der Heini aus Niederndodeleben kann froh sein, dass die DDR eine verminte Grenze hat. Vermutlich würde mein lieber Andreas sofort rüber fahren, und ein sehr ernstes Wort mit ihm reden wollen – also, denke ich jedenfalls." „Lass gut sein, Gundula, bleiben wir bei den zwei Personen, die sich in besonderer Weise hervorgetan haben, wenn es darum ging, so genannte Vaterlandsverräter zur „Staatsräson" zu bringen."

Fangen wir bei der für dich zuständigen Genossin Stationsleiterin vom Zuchthaus Hoheneck an. Sie hat das fatale Pech, dass sie als Frau, als die weibliche Schönheit von der Schöpfung vergeben wurde, nicht besonders wohlwollend und ausreichend ausgestattet werden konnte, aus welchen Gründen auch immer. Ok, das ergeht vielleicht auch anderen Menschen auf der Erde so. Das allein ist allerdings noch kein Grund, sich dermaßen bösartig und menschenverachtend gegenüber Gefangenen zu verhalten, die eigentlich nur ihre Meinung zum Ausdruck bringen wollten und auf die Einhaltung der verfassungsgemäßen Rechte von Strafgefangenen zu bestehen.

Insoweit sieht sie nicht nur besonders unattraktiv aus, sondern sie hat auch einige sehr unangenehme Charaktereigenschaften, die keinen Platz für Vernunft und Sachverstand zulassen. Sehr zurückhaltend formuliert. Man könnte auch sagen, ihr fehlen eine ganze Menge Latten am Zaun. Apropos Zaun. Damit begann das ganze Dilemma für deine Stationsleiterin.

Vor mehr als zwei Monaten wurden an ihrem Gartenzaum und an den Hauswänden ihres kleinen Wohnhauses am Stadtrand von Stollberg, einfach gefertigte Plakate und Spruchbänder in der nächtlichen Dunkelheit angebracht.

„KZ Scherge, Satansknecht, Folterweib, Stasiaufseherin" - sind noch die harmlosesten Sprüche die darauf zu lesen waren. Natürlich beeilte sich die so betitelte, die schriftlichen Beschimpfungen zu entfernen – es half nichts. Am folgenden Tag klebten die nächsten Sprüche an ihrem Gartenzaun. Es zeigte sich bereits, dass sich das Ende der DDR einklingelte. Die Polizei, die Stasi und ihre uniformierten Mitarbeiterinnen aus dem Zuchthaus Hoheneck orientierten sich bereits eifrig und zielbewusst auf das „Danach", und wie sie möglichst glimpflich aus ihrem schändlichen Verhalten zu politischen Häftlingen herauskommen könnten.

Aus dem einstigen und vermeintlichem „Miteinander im Dienst", entwickelte sich hurtig ein - „jeder ist sich selbst der Nächste". Anstatt sich beizustehen, denunzierten sie ihre „lieben Kollegen" bei den Kräften, die sich für den Sturz des DDR Regimes einsetzen und die gab es bereits in großer Schar.

Das muß deine Stationsleiterin doppelt getroffen haben, Gudrun. Einmal die Erkenntnis, dass es mit ihrem geliebten Sozialismus zu Ende geht und zum anderen, dass ihre scheinbar liebevollen Kollegen sie einfach so hängen lassen. Vermutlich wurde ihr in diesem Zusammenhang auch klar, dass sie ihr abartiges Handeln vor einem ordentlichen Gericht zu verantworten hat, wenn die Zeit dafür kommt. Und sie wird kommen, dessen war sie sich bewusst.

Kurz und gut! Als sich eine Woche lang bei ihr am Haus nichts Bemerkbares rührte, keine Besucher kamen oder gingen und auch die Plakate nicht mehr entfernt wurden, haben die Nachbarn die Polizei gerufen und sie darauf aufmerksam gemacht, dass da möglicherweise was nicht stimmen könnte.

Die ließ nicht lange auf sich warten. Eine Stunde nach dem sie das Haus betraten, wurde ein Sarg abtransportiert. Es hieß hinter vorgehaltener Hand, sie hätte sich im Keller aufgehangen - und aus die Maus!

„Du meinst, Mama, sie hat sich umgebracht?" „Etwas Genaues ist von den Behörden nicht zu hören. Aber, in dieser Welt ist sie nicht mehr – sehr zur Erleichterung der Haftinsassen vom Zuchthaus Hoheneck. Ob sie einige Gefängniswärterinnen vermissen werden, ist nicht bekannt."

„Weißt du, Mama, meine Stationsleiterin ist, quatsch, war ein ekelhaftes Dreckstück, das ist sicher. Wenn mich die Stasi nicht rechtzeitig aus dem Dreckloch von einer Dunkelzelle geholt hätte, würde ich vermutlich an der Himmelspforte klopfen und um Einlass betteln. Sich deshalb feige aus dem Leben zu schleichen und nicht zu seinen Schandtaten zu stehen ist noch mieser. Hat sich aus dem Zuchthaus Hoheneck noch jemand aus dem Leben geschlichen?" „Bis jetzt ist darüber nichts bekannt. Aber dein Vernehmer bei der Stasi im Untersuchungsgefängnis von Magdeburg, der dich mit Ohrfeigen traktierte, ist auch in einer anderen Welt, besser ich sage in der Hölle. Am Himmelstor würde er vermutlich lange warten müssen bis ihn ein Engel aufsperrt." „Ach was, wie ist denn das passiert?"

„Dein Vernehmer hatte sich nach Polen abgesetzt. Was die Gründe dafür waren ist noch nicht bekannt. Vermutlich spielte auch bei ihm die Erkenntnis über den politischen Wandel in der DDR die Triebfeder für sein Handeln. Dass es mit der DDR zu Ende geht ist ja, trotz aller möglichen politischen Blindheit, nicht zu übersehen. Laß dir kurz sein ehrloses Handeln erzählen."

Die Eltern dieses Stasivernehmers kommen aus der Stadt Oppeln – das heutige Opela im Gebiet des früheren Oberschlesiens. Vermutlich hat er sich dorthin verkrümeln wollen, um vielleicht bei Verwandten unterzutauchen.

Was diesen Punkt betrifft, hat der Mann die Zeit völlig verschlafen. Die Menschen in dieser Stadt können sich sehr wohl noch an die Zeit erinnern, als viele Deutsche, ob in Uniform oder in Zivil, ihr machtbesessenes Unwesen trieben. Um es kurz zu machen! Die polnische Polizei bekam einen entsprechenden Hinweis über seinen illegalen Aufenthalt und wollte ihn verhaften.

Besagter Vernehmer soll sich, so die inoffizielle Mitteilung der polnischen Behörden, dieser Anordnung entzogen haben und flüchtete mit seinem PKW vom Typ Wartburg in Richtung DDR Grenze. Bei den Bemühungen der polnischen Beamten sein Auto zu stoppen, eröffnete der Vernehmer das Feuer aus seiner Dienstpistole, verletzte dabei einen Polizisten schwer und wurde bei dem folgenden Schusswechsel mehrfach tödlich getroffen. So jedenfalls die amtliche Mitteilung. Eine Kollegin aus dem Amtsgericht, mit guten Beziehungen zur Staatsicherheitsbehörde hat mir diese streng vertrauliche Information heimlich zugesteckt.

Es muß was Wahres dran sein. Im Neuen Deutschland wurde eine Todesanzeige von ihm veröffentlicht, nachdem dieser große Held der DDR nach langer schwerer Krankheit verstorben sei.

Und wenn ich schon bei wichtigen Behörden bin. Ich meine das Amtsgericht und die Stasizentrale von Magdeburg. Die zügige Vernichtung und der hurtige Abtransport in Richtung Moskau von streng geheimer Akten aus den verschiedenen Archiven lassen erkennen, dass die Führungsmannschaft der DDR sehr wohl erkannt hat, dass die Zeit ihrer Herrschaft abläuft. Nicht irgendwelche harmlose Streitigkeiten zwischen Hundehaltern - nein, Akten mit sehr brisanten Inhalten, auf die sowieso nicht jeder Gerichtsdiener Zugriff hatte. Ich bin mir dessen absolut sicher, die Führungselite des DDR Regimes entsorgt bereits ihre Schandtaten in Richtung Sowjetunion. Was letztlich bedeutet, und das ist die gute Nachricht, sie begraben die DDR und verziehen sich in Richtung Ostsibirien.

„Weißt du schon was über die Grenzsoldaten, die sich eifrig bemühten mich mit Dauerfeuer aus ihren Maschinenpistolen im Mi-

nenfeld abzumurksen?" „Nein, Gundula! Die Grenztruppen unter-
liegen einer besonderen Geheimhaltung. Kein Wunder, bei dem
was sie alles angestellt haben. Aber, keine Sorge, Gundula! Sobald
die DDR nicht mehr existiert, werden wir uns um diese Soldaten
kümmern. Dein Papa hat als ranghoher Offizier ganz sicher Möglichkeiten, dass solche Todesschützen ihrer gerechten Strafe nicht
entgehen werden."

„Lieber Papa – ich bin zwar grundsätzlich gegen Gewalt, aber in
diesen Punkt erlaube ich dir, dass du diese feigen Grenzsoldaten
mal ordentlich vermöbelst." „Alles zu seiner Zeit, liebe Gundula!
Was das „Jetzt" betrifft – ihr müsst zum Flughafen, die Zeit wird
knapp. Wir würden euch ja gern mit unserem Trabi hin fahren, bei
der wenigen Zeit die noch bis zu eurem Abflug verbleibt ist das
allerding ein beträchtliches Risiko – ich mein ja nur. Besser wird
sein, ich kümmere mich um ein Taxi. Die Fahrer kennen sich
bestimmt besser aus als ich, wie man am schnellsten zum Prager
Airport kommt. Ich würde mich vermutlich zig Mal verfahren und
zu spät ankommen."

Während sich Gundulas Vater um ein freies Taxi bemüht, bezahlt
Helma die Rechnung und danach heißt es Abschied nehmen. Eine
Trennung ist natürlich immer traurig, doch dieses Mal wissen sie,
wird es nicht von langer Dauer sein – außerdem, abendliche Tele-
fongespräche, die auch wesentlich offener geführt werden können,
gibt es ja auch noch.

Ein Wiedersehen mit Katrin

Abschied ist wie ein kleiner Tod, obwohl man weiß, dass man sich bald wiedersehen wird. Weil man doch nie weiß, ob man sich wiedersehen wird.

Erhard Blanck

Mit einem Gefühl der Erleichterung lassen sich Gundula und ihre Tante in die Flugzeugsitze fallen. Mag ja sein, dass ein Flughafen in dieser Welt so aussieht wie jeder andere. So wie es allerdings in dem offiziellen Flughafengebäude zugeht, gibt es offensichtlich erhebliche Unterschiede. Zumindest bei der Behandlung der Fluggäste, die aus dem westlichen Ausland ankommen, oder wieder abreisen wollen.

Die tschechischen Polizei- und Zollbeamten führen sich so auf, als hätten sie es bei den Touristen aus dem kapitalistischen Ausland mit möglichen Rauschgiftschmugglern, sehr gefährlichen Saboteuren und ausgefuchsten Agenten der verschiedensten Geheimdienste zu tun. Nicht zu vergessen, die eigenen Landsleute, also mehr die so genannten Vaterlandsverräter und Staatsfeinde, die sich illegal ins kapitalistische Ausland absetzen wollen. Na, das fehlte gerade noch!

Ständig hat man das Gefühl, muß Gundula denken, als würden sie einen verdächtigen, dass man ihre runtergekommenen Flughallen in die Luft sprengen würde, oder ein anderes Attentat in petto hätte. Am liebsten wäre es ihnen vermutlich, wenn sie ihre gesamte Grenze zu kapitalistischen Ländern abschließen könnten, damit sie ihren kommunistischen Alltag ungestört verwalten könnten. Praktisch wie bei einem Zuchthaus, wo man seine Bürger sicher verwalten kann. Wenn - ja wenn da nicht das liebe Geld dieser vermaledeiten Kapitalisten wäre – wohl wahr.

Sag mal, Gundula, du schaust ja so, als würdest du dich über was Jämmerliches heftig ärgern, oder irre ich mich? Wir haben uns doch gerade von deinen Eltern verabschiedet. Und abgesehen von dem ersehnten Wiedersehen, hast du doch eine Menge wichtiger Informationen erhalten, die bestimmt auch dazu beitrage werden, deine schlimmen Erlebnisse wenigstens geistig besser zu bewältigen, oder irre ich mich?"

„Entschuldige, Tante Helma, du hast ja recht. Ich habe mich nur wieder mal über die Tschechen in Uniform ärgern müssen. Ich weiß nicht, irgendwie habe ich beim Anblick solcher Uniforme immer noch gefühlsmäßige Erinnerungen, die nicht so lustig waren. Ok, abgehakt. Alles in allem bin ich mit dem was Mama erzählte sehr, sehr zufrieden. Ich weiß, der Schrei nach Rache hat zwar etwas „Süßes" an sich, aber - es fehlt ihm auch nicht an manch dunklen Ausrutschern. Wenn du verstehst was ich damit sagen möchte?!" „Aber Gundula, ich bin Juristin wie du weißt. Der Rachegeist provoziert meist zielgerichtet heftige emotionale Reaktionen, die nicht zwingend, allerdings sehr oft, zu folgeschweren Erlebnissen bei den Opfern der Rache führen können.

Rechtlich betrachtet neigt sie, von ihrer im Charakter geprägten Intention her, zur Zufügung von körperlichen oder seelischen Schäden an Personen, die möglicherweise das Unrecht begangen haben sollen. Oft handelt es sich bei Rache um eine physische oder psychische Gewalttat. Allerdings wird sie, wie du ja weißt, vom Verbrechen im archaischen Recht durch die Rechtmäßigkeit unterschieden."

„Ich verspreche dir, Tante Helma, ich werde mich nicht am Geist der Rache festkrallen, um wie ein Rachegeier über die herzufallen, die mich gequält haben. Die Übeltäter haben ihre Strafe erhalten, auch wenn sie selbst dazu beigetragen haben. Und die skrupellosen Todesschützen in den Uniformen der DDR Grenzsoldaten, die noch frei und scheinbar unbeschwert herumlaufen, kriegen auch noch ihr Fett ab, da bin ich mir sicher!

Ich war mit einer Berufskollegin vom Amtsgericht Magdeburg eng befreundet, na jedenfalls so zum Schein. Ihr Mann ist eine ziemlich hohe Nummer bei der Stasi in Berlin im so genannten „Zentralen Stab", der sich in besonders intensiver Weise um die Vernichtung der Grenzverletzter bemühte. Ich habe von ihr Sachen über die Zustände bei den Grenzsoldaten der DDR erfahren, da hebt es dir die Decke weg. Und dass das kein leeres Gewäsch war, habe ich ja an der Grenze im Minenfeld selbst erleben müssen." „Wenn du willst, kannst du mir ja einiges erzählen, ich hab darüber so gut wie keine Informationen, und bis zur Landung dauert es ja noch eine ganze Weile!" „Das mach ich! Wenn dir dabei schlecht werden sollte, musst du halt ne Tüte beim Steward bestellen – ich mein ja nur." „Keine Sorge, ich bin einiges gewöhnt." „Also gut, dann mal los mit dieser Stasischweinerei!"

Ein geflügelter Spruch in diesem „Zentralen Stab" lautete - "Zögern sie nicht mit der Anwendung der Schusswaffe, auch dann nicht, wenn die Grenzdurchbrüche mit Frauen und Kindern erfolgen, was sich die Verräter schon oft zunutze gemacht haben".

Der guten Ordnung halber sollte ich vielleicht ergänzend hinzufügen, dass das nicht nur so ein abfälliger Spruch war, sondern eine Anordnung aus einer siebenseitigen Dienstanweisung vom Oktober neunzehnhundertdreiundsiebzig.

Nach dem Mauerbau im August neunzehnhunderteinundsechzig, der eigentlich nach Aussage der DDR Führung überhaupt nicht beabsichtigt gewesen sein sollte – praktisch eine willenlose Handlung war - vermutlich gesteuert von den klerikalen Imperialisten mit Sitz in Westdeutschland, wurde der Schießbefehl gegen so genannte „Grenzverletzer" noch expliziter definiert.

Auf einer Lagebesprechung des vom Politbüro eingesetzten „Zentralen Stabes" soll sich dem Vernehmen nach der damalige Leiter dieses Stabes, der von allen hochgeschätzte Genosse Erich Honecker so geäußert haben, dass gegen Landesverräter, Staatsfeinde, Kollaborateure und Grenzverletzer die Schusswaffe anzuwenden ist. Es sollen solche Maßnahmen getroffen werden, dass diese Verbrecher in der „Hundertmeter Sperrzone" gestellt werden können. Wachtürme und freie Schussfelder sind in der Sperrzone umgehend fertig zu stellen.

In einer Rede soll der Verteidigungsminister der DDR dazu gesagt haben - „wer unsere Grenze nicht respektiert, der bekommt die Kugel zu spüren". Und der Genosse Staatsratsvorsitzende der DDR ergänzte dazu - es muss angestrebt werden, dass Grenzdurchbrüche überhaupt nicht zugelassen werden. Überall muss ein einwandfreies Schussfeld gewährleistet werden.

Das die Grenzsoldaten, die durch das Erschießen von wehrlosen Flüchtlingen, also Männer, Frauen und Kinder, Grenzdurchbrüche verhindert hatten, auf die verschiedenste Weise belobigt wurden, versteht sich ja von selbst. Geldprämien, also Abschussprämien, wurden ebenfalls an die heldenhaften Todesschützen in Uniform ausbezahlt. Die militärischen Vorgesetzten ermutigten die Grenzsoldaten ausdrücklich zur Anwendung der Schusswaffe.

Schon in der vormilitärischen Ausbildung sollten die zukünftigen Grenzsoldaten zum unversöhnlichen Hass auf so genannte Grenzverletzer und den Imperialismus mit seinen Söldnern erzogen werden. Der Grenzverletzer ist der übelste Feind des Sozialismus. Spätestens seit den siebziger Jahren, so sagte meine Freundin, gäbe es belegte Fälle, in denen die Grenzsoldaten der DDR unmittelbar vor Antritt des Wachdienstes, also bei der so genannten Vergatterung durch ihre Vorgesetzten genau angewiesen wurden, Grenzverletzer zu „vernichten" – wortwörtlich sagten sie, „vernichten"! – wirklich, kein Scherz, Tante Helma. Der Tod eines Grenzverletzers sei eher hinzunehmen, meinten sie auch noch, als ein gelungener Grenzdurchbruch.

„So ein Denken und Handeln ist doch krank, Tante Helma. Es mag ja Menschen mit so einem Verhalten auch hier in der Bundesrepublik Deutschland geben – schon möglich! Ich bin mir allerdings sicher, dass diese Personen in einer geschlossenen Psychiatrie sitzen, und dort gehören sie auch hin."

„Wie sagst du manchmal so treffend – man sieht sich im Leben meistens zweimal. Ich bin mir ziemlich sicher, Gundula, dass die Verantwortlichen und die Täter für dieses menschenverachtende Verhalten sich einmal vor einem Gericht zu verantworten haben. Weil das Töten von Flüchtlingen, Gundula, auch in der Verfassung der DDR dem Verhältnismäßigkeitsgrundsatz unterliegt. Soviel weiß ich noch aus meiner Studienzeit der Rechtswissenschaften in der DDR."

„Also gut, Tante! Wenn du das so sagst, vertraue ich dir. Es wäre für mich eine sehr belastende Vorstellung, dass die Soldaten, die mir das angetan haben, straffrei ausgehen würden. Ich schließ das Thema für mich erstmal ab." „Na also, Gundula – überlass das unseren Gerichten und schau mit Andreas nach vorn."

„Erinnerst du dich an die Worte deiner Mutter über den baldigen Verfall der DDR?" „Natürlich, Tante Helma! Warum fragst du? Das, was uns Mama sagte, hat für mich und Andreas, und sicherlich auch für meine liebe Freundin Katrin und Peter – ihren zukünftigen Ehemann – eine wichtige Bedeutung."

„Entschuldige bitte, Gundula, ich verstehe nicht auf was du hinaus willst?" „Du hast doch zu mir gesagt, ich soll mit Andreas nach vorn schauen und das machen wir. Der Termin für unsere Hochzeit soll im Mai oder Juni kommenden Jahres sein, so die DDR bis dahin nicht mehr existiert, ansonsten müssen wir den Termin halt etwas verschieben." „Und was hat eure Hochzeit mit der DDR zu tun?"

„Der Gedanke, dass wir den wichtigsten Tag in unserem gemeinsamen Leben ohne unseren Eltern feiern müssten, ist uns beiden mehr als nur eine seelische Last. Die Wahrscheinlichkeit, dass die Behörden der DDR unseren Eltern zu diesem wichtigen familiären Anlass eine Ausreiseerlaubnis erteilen würden, könnten wir bestenfalls unter Ulk verbuchen.

Glaub mir, Tante Helma, das alles war für Andreas und mich mehr als nervig. So wie sich das jetzt da drüben mit dem SED Regime entwickelt, können wir die paar Monate leicht abwarten und den lieben Gott oder wem auch immer im Himmel dankbar sein, dass der kommunistische Spuk in der DDR bald vorbei ist. Apropos Dankbarkeit.

Du hast uns beiden wirklich sehr geholfen in dieser für uns neuen Welt wirtschaftlich Fuß zu fassen und in einem eigenen Haus zu wohnen. Ausgenommen von unseren persönlichen Sachen und einem kleinen Betrag als Begrüßungsgeld im Auffanglager Gießen, waren meine Taschen leer und Andreas erging es ja nicht viel anders. Eine wichtige Bitte haben Andreas und ich noch an dich." „Und was wäre das so „Weltbewegendes", Gundula?" „Wir würden uns riesig freuen, wenn du zusammen mit meiner Freundin Katrin unsere Trauzeugen sein könntet? Was meinst du dazu?" „Aber Gundula, das mach ich doch gern. Und die Patenschaft für euer erstes Kind würde ich auch gern übernehmen." „Ganz ernstlich, Tante Helma?" „Ganz ernstlich, Gundula. Wenn jetzt unser Flugzeug sicher hier in Hannover runterkommt und pannenfrei landet, werden wir das auch erleben." „Na, du kannst ja komische Scherze machen, Tante!" „Ich muß gestehen, ich habe eine höllische Angst beim Fliegen." „Na, gut das ich das weiß, das nächste Mal nehmen wir den Zug." „Sehr gute Idee, Gundula, könnte ich mich dran gewöhnen."

Andreas steht bereits seit einer geschlagenen halben Stunde mit einer gehörigen Portion Unruhe im Bauch am Ausgang vom Empfangsterminal und hofft, dass er seine Gundula und ihre Tante wohlbehalten in die Arme nehmen kann.

Endlich sieht er die winkenden Hände seiner beiden heiß ersehnten Frauen. Schnell verladen sie das Gepäck im Kofferraum und ab geht die Fahrt nach Hause.

„Lauft zuweilen ins Haus, das Essen steht bereits auf dem Tisch. Ihr müsst nur noch den Sekt aus dem Kühlschrank holen."

Das lassen sich Tante Helma und Gundula nicht zweimal sagen. Andreas schafft in der Zwischenzeit Gundulas Reisetaschen ins Haus und den Koffer von Tante Helmas stellt er im Hausflur ab.

Endlich! Alle drei sitzen am Esstisch und genießen in Ruhe die leckeren Sachen die Andreas bereits vorbereitet hatte. Zwischen Kauen und Schlucken erzählt Gundula alle neuen Nachrichten, die sie von ihrer Mutter und ihrem Vater bekam. Am meisten freut sich Andreas darüber, dass sie ihre Hochzeit mit ziemlicher Sicherheit im kommenden Jahr gemeinsam mit ihren Eltern feiern können.

„Sag mal, Andreas, hast du eine zündende Idee wie ich erfahren könnte, wann meine liebe Freundin Katrin mit ihrem Verlobten Peter von der DDR aus in die BRD abgeschoben werden?" „Aber klar doch! Ich werde das so organisieren wie bei dir. Ich wusste ja auch nicht wann du im Notaufnahmelager Gießen ankommen würdest, und wissen wollte ich das schon. Für solche familiären Terminprobleme gibt es in Westberlin eine eigens von der Bundesregierung beauftragte Rechts- und Beratungskanzlei, die bei der Organisation der Transporte von politischen Häftlingen aus den Gefängnissen und Zuchthäusern der DDR aktiv mitwirkt. Ich bin da völlig sicher, dass sie uns auch bei deiner Freundin Katrin eine hilfreiche Auskunft geben werden." „Sehr gut, Andreas, du kannst dich ja morgen schon mal ans Telefon hängen. So - und jetzt muß ich ins Bett! Ihr zwei könnt ja, bis der Sekt alle ist, noch eine Weile diskutieren, so ihr wollt."

„Ich hatte eigentlich gedacht, dass du nach so einer aufregenden und anstrengenden Reise in das kommunistische Machtbereich völlig verspannt sein könntest?!" „Das stimmt, Andreas - aber - das reißt mir ja nicht aus, mein lieber Schatz, und ewig werdet ihr zwei ja doch nicht diskutieren wollen, oder?"

„Also gut ihr zwei Turteltauben, hab schon verstanden. Ich werde mich mal in meine Hütte verkrümeln. Also, treibt es mit der Entspannerei nicht gar so toll. Morgen kommt der Arbeitsalltag wieder auf euch zu. Gute Nacht und schlaft gut!" „Warte, Tante Helma. Ich trag deinen Koffer noch rüber." „Danke Andreas, sehr aufmerksam!"

Die kommenden Wochen sind für Gundula, als auch für Andreas zeitlich randvoll ausgefüllt und anstrengend. Viel Zeit um abends ans Steinhuder Meer zu fahren, gemütlich zum Essen zu gehen oder ins Kino zu fahren bleibt da nicht. Auch von Katrins Übersiedlung aus dem Frauenzuchthaus Hoheneck in die Bundesrepublik Deutschland ist noch nichts Konkretes von der Anwaltskanzlei in Berlin zu erfahren.

Trotz der beruflichen Belastung muß Gundula immer und immer wieder an die schreckliche Zeit im Zuchthaus Hoheneck denken und weiß dabei sehr wohl, wie belastend jeder Tag für ihre Freundin Katrin sein wird.

Endlich - der Herbst bemüht sich schon seit Tagen mit Regen und kühlem Wind dem Sommer das Leben schwer zu machen - überrascht Andreas seinen Schatz mit einer wirklich guten Nachricht. Von einem Mitarbeiter der Kanzlei in Berlin erfuhr er, dass, bei aller Glaubwürdigkeit der Ankündigung vom Stasibüro in Ostberlin, mit dem Abtransport von Katrins Verlobten, einschließlich anderen politischen Gefangenen aus dem Gefängnis in Karl-Marx-Stadt, im September zu rechnen sei. Katrin selber sei schon Monate früher nach Westdeutschland auf dem üblichen Verfahrensweg abgeschoben worden.

Gundula hatte sich, schon in weiser Voraussicht, im Zuchthaus Hoheneck von Katrin die Anschrift ihrer Großeltern in Ottobrunn geben lassen und über die Auskunft die Telefonnummer zu erfahren war eine Kleinigkeit.

Endlich, Wochenende, Gundula und Andreas nehmen sich vor, keinen Finger für Haus- oder Büroarbeiten zu rühren. Gleiches galt auch für mögliche Arbeiten im Garten - außer - auch klar, ausgiebig zu frühstücken. Kaum sucht sich der lieblich duftende, heiße Kaffee einen störungsfreien Weg in die bereitstehenden Kaffeetassen, klingelt das Telefon und eine weibliche Stimme fragt nach Gundula und Andreas.

„Bist du das, Katrin?" „Ja, bin ich! Und wenn das möglich wäre, würden sich jetzt etwa fünfzig Kilo Lebendgewicht an deinen Hals hängen und dich innig knuddeln. Ich kann dir nicht sagen wie froh ich bin, deine Stimme zu hören. So sicher war ich allerdings nicht, dich schon anzutreffen. Andreas ja, er musste ja nicht durch die Zuchthausmühlen der DDR. Ihm gelang es ja, die Sperranlagen zu überwinden und sich nach Bayern zu retten. Sehr zum Leidwesen der DDR Grenzer. Andreas steht vermutlich neben dir, gib ihm von mir einen lieben Schmatz." „Lass dich unterbrechen, Katrin, ist Peter auch in deiner Nähe?" „Nein, Gundula - leider! Laut Auskunft der Anwaltskanzlei in Berlin kann ich damit rechnen, dass mein lieber Schatz in den nächsten zwei Wochen in der BRD eintreffen wird, so sich die Stasi an die vereinbarten Abschiebungstermine hält. Wir sind dann beide endlich dort, wo wir eigentlich schon längst sein wollten.

Sobald Peter bei mir ist, rufe ich dich sofort an. Wir müssen uns unbedingt wiedersehen. Gut wäre es, wenn ihr nach Ottobrunn kommen könntet. Peter wird noch arg geschwächt sein. Ich weiß das von mir. Und dir, liebe Gundula, wird es ja nicht anders ergangen sein. Und eine Reise nach Hannover wäre uns momentan noch zu anstrengend. Könntet ihr das einrichten? Was hälst du davon, Gundula?" „Kein Problem, Katrin. Sobald Peter bei dir ist, ruf uns bitte an. Wir vereinbaren dann einen für uns alle passenden Termin. Hoffentlich bald! Wir können es kaum erwarten, euch in unseren Arme zu halten. Bis dahin, liebe Katrin, einen lieben Kuss." „Ich drück dich ebenfalls, liebe Gundula – ich melde mich sofort, sobald ich etwas „ Neues" erfahre."

Wie von der Kanzlei bereits angedeutet, erfolgte ein Transport von politischen Gefangenen aus dem Gefängnis Karl-Marx-Stadt in das Aufnahmelager Gießen Mitte September. Natürlich ist Peter mit dabei. Nach einem Tag im Lager kann er die Reise nach Ottobrunn antreten und trifft um Mitternacht – zwar nicht völlig unerwartet, aber der Uhrzeit angemessen doch etwas „ungewöhnlich", bei Katrin und ihren Großeltern ein.

Die Nacht wird „anstrengend" für Peter - aber - eben, da muss ich durch, denkt er sich und ist natürlich sehr glücklich darüber, endlich dort zu sein, wo er mit Katrin längst sein wollte. Nein – nicht im Bett! – Natürlich auch, aber nicht nur. Sie sind beide, nach einer zwanghaft langen Zeit, in einer freien, demokratischen Welt, und können sich eine eigene Zukunft ohne Zwangsherrschaft und Staatsgewalt aufbauen.

Gundula und Andreas genießen ihr rituales Frühstück und hoffen darauf, von Katrin einen Anruf zu erhalten, der die Last des „Ungewissen" endlich in einen Papierkorb verschwinden lässt.

Andreas räumt gerade das Geschirr vom Tisch, da klingelt das Telefon. Katrin meldet sich mit einer Stimme, bei deren Klang man nicht mehr fragen muss, ob ein „freudiges Ereignis mitschwingt.

„Was haltet ihr beiden vom kommenden Wochenende? Ihr könntet, so ihr wollt, Samstag bei uns eintrudeln. Platz zum Schlafen und „so", haben wir für ein sehr verliebtes Paar genug." „Das ist eine gute Nachricht, liebe Katrin. Wir freuen uns riesig auf euch – also, bis bald und laß dich ganz fest umarmen. Peter kannst du ja einen kleinen Schmatz von mir geben." „Wir freuen uns aufs Wiedersehen – also, bis Samstag, tschüss und einen lieben Kuss für Peter."

Das Wochenende steht vor der Tür und Gundula und Andreas verabschieden sich von ihrer Tante, bevor sie die relativ lange Autoreise nach Ottobrunn starten.

„Fahrt achtsam und rast nicht so! Es ist ein ziemlich weiter Weg bis zu euren Freunden nach Ottobrunn. Macht lieber mal halt an einer der Autobahnraststätten und ruht euch aus. Vergesst nicht anzurufen sobald ihr bei Katrin seid." „Ok, Tante Helma, mach dir keine Sorgen, Sonntagabend sind wir wieder zu Hause!"

Gundula winkt ihrer Tante noch aus dem Auto zu und wenige Minuten später sind sie auf der Autobahn in Richtung München.

Katrins Oma hatte bei einem Telefongespräch schon mal kurz erklärt, wie sie in Ottobrunn ihr Haus finden können. Es war wirklich einfach. Abfahrt Ottobrunn, dann der Zufahrtsstraße folgend bis zu einer ARAL Tankstelle, danach rechts in die Seitenstraße und nach etwa dreihundert Metern waren sie da.

Andreas stellt das Auto auf der Grundstückseinfahrt ab, Motor aus und erstmal ausschnaufen, die lange Autofahrt war anstrengend – aber, nichts mit ausruhen. Aus der Haustüre kommen Katrin und Peter angerannt und ihren Gesichtern kann man die Freude über die Ankunft von Gundula und Andreas ansehen.

„Ich kann dir nicht sagen, Gundula, wie ich mich auf unser Wiedersehen freue – Peter geht es nicht anders." „Na, da frag mal mich und Andreas. Habt ihr schon einen Plan, wie wir zusammen das Wochenende verbringen können?" „Haben wir, Gundula! Jetzt kommt erstmal rein zum Kaffeetrinken, ihr habt doch bestimmt Hunger nach der langen Fahrt." „Gute Idee, Katrin!"

Peter und Andreas nehmen die Reisetaschen aus dem Auto und Minuten später sitzen sie gemeinsam mit den Großeltern von Katrin am Tisch und lassen sich den selbstgebackenen Streuselkuchen herzhaft munden.

In der anschließenden, ungezwungenen Plauderstunde erfahren Andreas und Gundula von Katrin, dass ihnen ihre Großeltern ganz in der Nähe eine Vierzimmer Eigentumswohnung im Erdgeschoß einer größeren Wohnanlage gekauft haben. Die obere Etage ihres Einfamilienhauses wollen sie für die Eltern von Katrin neu renovieren lassen. So wie sich das derzeit politisch in der DDR entwickelt, wird ja wohl eine Übersiedlung von ihrer Mutter und ihrem Vater von Leipzig nach Ottobrunn kein größeres Problem werden.

Peters Eltern wollen ihre Bäckerei nicht aufgeben und bleiben vorerst in ihrer „Vogtländischen Heimat".

Zur später Stunde kommt von den Großeltern ein leises gehauchtes „gute Nacht" und für die vier, vom Unrecht, Leid und Schmerz getroffenen jungen Menschen – Gundula, Andreas, Katrin und Peter beginnt danach erst die eigentliche Diskussion über das, was sie alles noch unternehmen können und natürlich auch sollten, um ihren sadistischen Peinigern aus der DDR das Handwerk zu legen und sie vor ein ordentliches Gericht zu bringen.

Natürlich - wie sollte das bei jungen Menschen auch anders sein, wollen sie in der neuen Heimat das Leben genießen. Pläne über ihre berufliche Zukunft schmieden und wie sie das alles erfolgreich schaffen können, gehören natürlich auch dazu. Sie wollen ja niemandem auf der Tasche liegen, sondern ihren Lebensunterhalt selbst erwirtschaften.

Die wichtigsten Schritte für die nächsten zwölf Monate sollen dazu beitragen, ihrer gemeinsamen Zukunft ein lachendes Gesicht zu geben. Dazu gehören - heiraten, Familie gründen und zielstrebig eine neue berufliche Laufbahn starten.

Soweit so gut - meint Peter schon leicht schläfrig, immerhin, es geht bereits auf zwei Uhr in der Nacht zu. „Wir können das ja morgen zum Frühstück mit Katrin und Gundula weiter diskutieren. Oder was meinst du, Andreas?" „Halt ich auch für besser, Peter, Frauen haben zum Thema Heiraten und Nachwuchs planen nicht immer die gleiche Meinung wie wir Männer - ich mein ja nur!" „Stimmt genau, Andreas! Mich plagen da noch ein paar andere, schwergewichtige Gedanken. Habt ihr noch Lust zum Reden, oder wollt ihr ins Bett?" „Kein Problem, Peter – schieß los!" „Halt, halt - ihr zwei könnt ja noch eine Weile politische Themen wälzen, Gundula und ich gehen schon mal ins Bett, die Nacht ist sowieso bald vorbei. Gute Nacht ihr zwei Hübschen!"

Beide Männer bekommen von ihren Frauen noch schnell einen Schmatz bevor sie beide im Bad verschwinden.
„Bleibst du hier, Andreas, oder gehst du mit?" „Ich halt es noch

eine kleine Weile bei dir aus!" „Ok, dann mal los!"

„Was bewegt eigentlich die politisch Verantwortlichen, nebst ihren vielen uniformierten und nichtuniformierten Erfüllungsgehilfen in der DDR und in andren so genannten sozialistischen Ländern, zu solch einem menschenverachtenden Verhalten wie wir es selbst miterleben mussten? Was treibt sie an, um sich derartig menschenverachtend zu verhalten? Ganz ehrlich gesagt, Andreas, es fällt mir ungemein schwer, darauf eine einleuchtende Antwort zu finden."

„Entschuldige Peter, dass ich dich in deinen Gedanken unterbreche. Solche Themen sind für mich in dieser späten Stunde nicht besonders geeignet, einen Weg in mein Denkzentrum zu finden. Ich zwitschere zu Gundula ins Bett, wir haben noch andere Aufgaben zu lösen - na, du weißt schon - Brautkleid auswählen, wo werden wir gemeinsam feiern, na und solche Sachen eben. Hast du was dagegen, wenn ich im Bad verschwinde?" „Nein, Andreas, ist schon ok. Meine Fragen rennen uns ja nicht so schnell davon! Gute Nacht, Andreas – bis morgen zum Frühstück." „Gute Nacht, Peter, und bleib nicht so lange auf!"

Allein mit seinen Gedanken, muß Peter an einen Satz aus dem Roman „Nathan der Weise" von Ibrahim Lessing denken, in der sich in einer Szene das menschliche Verhalten so erkennen lässt, dass es möglicherweise seinen Fragen etwas Licht gibt, um vielleicht das scheinbar unverständliche Handeln von Personen nachvollziehen zu können und eine Erklärung für sich selbst zu finden.

„Kein Mensch muß müssen!" Sagt auch Friedrich Schiller in seiner Schrift „Über das Erhabene" indem er I. Lessing zitiert und fährt dabei fort – „Alle anderen Dinge müssen – der Mensch ist das Wesen welches will."

Wohl wahr, muß Peter denken, und dabei fallen ihm die Worte von

J. Rousseau ein – „Die Freiheit des Menschen liegt nicht darin, dass er tun kann was er will, sondern das er nicht muß, was er nicht will."

Ich bin auch der Meinung, überlegt Peter, dass kein Mensch - ob jung oder alt, Frau oder Mann zwingend müssen muss. Er hat immer eine Möglichkeit sich zu entscheiden es zu tun oder zu lassen. Entweder der Mensch will etwas - das ist eine der beiden Möglichkeiten seiner Entscheidung – oder, er soll etwas tun. Wenn er etwas soll, liegt es in seiner Entscheidungsgewalt es zu wollen. Will er das was er soll, trägt er dafür auch selbstverständlich die Verantwortung, was sonst?! Weil das so nicht anders sein kann, schieben solche Menschen die Verantwortung gern auf ihre Vorgesetzten, auf die Administration, oder wenn sich ganz und gar niemand anderes finden lässt, halt auf den lieben Gott. Dafür wurde er ja letztlich von den Menschen geschaffen.

Es wird auch auf unsere Bemühungen mit ankommen, überlegt Peter, dass den Stasischergen diese Ausreden, dieses krampfhafte Hangeln nach einem helfenden Rettungsanker verwehrt wird - und zwar gründlich!!!

So, jetzt aber erstmal Schluss mit diesem Thema – Katrin wartet bestimmt schon sehnsüchtig auf meine körperliche Nähe. Was sagte einmal meine Mutter zu mir, als ich in das gewisse Alter kam, und mich für das weibliche Geschlecht heftig zu interessieren begann?

„Kein Mann muss müssen!" Das sagte sie natürlich nicht. Und auf meine Frage, was ist wenn ich will, meinte sie – denke immer daran, mein lieber Peter – ein Mann will meistens mit seiner Freundin oder Ehefrau die Schmetterlinge flattern lassen, kann es aber nicht immer. Und die Freundin oder Ehefrau könnte schon immer die Schmetterlinge in Bewegung bringen, wenn sie mag, will es aber nicht immer. Also denke möglichst daran, mein Junge – du solltest schon wollen, wenn sie möchte!"

Ich denke, und Peter muß dabei schmunzeln, morgen zum Frühstück könnte ich, so ich will, das genauer beantworten.

Leise, damit er niemand zu so später Stunde aufweckt, bewegen ihn seine lüsternen Gedanken in Richtung Schlafzimmer zu seiner geliebten Katrin.

Der Autor

Es kommt die Zeit, da rückt das 65. Lebensjahr in greifbare Nähe -
endlich - denkt man erleichtert - in Pension. Soweit so gut! Es
dauert nicht lang, und man feiert im Kreise der Familie den 66.
Geburtstag und stellt dabei mit zunehmender Ungeduld fest, dass
so ein Tag, mit seinen 24 Stunden, ziemlich lang sein kann.

Familie, Enkelkinder, Faulenzen, Reisen und gelegentliche
botanische Experimente bei der Gartenarbeit reichen nicht mehr
aus, um den Tag ein interessantes Gesicht zu geben - was tun? An
dieser Frage kommt man nicht mehr vorbei, möchte man nicht den
Rest seines Lebens auf der Couch und vorm Fernseher verdösen.
Warum, so fragte ich mich, die vielen Gedanken und Ideen, die sich
im Laufe eines Lebens gesammelt haben überdenken und - so
möglich, schriftlich verarbeiten. Kaum sind solche Gedanken zu
Ende gedacht, entwickelt sich dafür die notwendige Initiative - ein
Literaturstudium muss her, denkt sich der Kopf, ohne an den
Körper zu denken, der ist ja bereits 66 Jahre alt. Diese drei Stu-
dienjahre waren es, die mir zeigten, dass das kreative Schreiben

kein dunkles Geheimnis bleiben muss, so man sich bemüht es zu lüften. Und noch etwas half mir sehr, das Schreiben ernsthaft anzupacken - das geistige in sich "Hineinhören" um mit dem Bewusstsein und seiner inneren Stimme Gespräche zu suchen. Viele meiner Bekannten und Leser fragen mich, wie machst du das, in so kurzer Zeit so viele Bücher zu schreiben? Ehrlich gesagt, ich kann mir diese scheinbar einfache Frage nicht mal selbst beantworten. Ich glaube, es ist meine innere Stimme, die ständig mit mir diskutieren möchte. Und so fließen die Gedanken, wie von Geisterhand gelenkt, schon fast von allein in die Tastatur meines Computers.

Meiner Frau, meinen Kindern und Enkelkindern habe ich viel zu verdanken. Sie geben mir die Kraft und die Ruhe um zu schreiben. Und das ist es, natürlich nicht nur, was meine Gedanken, mein Bewusstsein und mein Weltbild nachhaltig so wohltuend inhaltsreich beeinflusst.

Das, was ich schreibe ist möglicherweise nicht immer leicht zu verdauen, soll auch nicht so sein. Ich möchte auch nicht der "Besserwisser" sein, oder Derjenige, der alles richtig und wahrhaftig beurteilt. Beileibe nicht - wirklich nicht, ganz ernstlich!!! Wenn es mir in meinen Romanen mit seinen unterschiedlichen Themen und Inhalten gelänge, Nachdenklichkeit zu wecken, aus der sich möglicherweise Fragen entwickeln, wäre ich ein glücklicher Schreiberling und Autor.

Denn sie sind es doch, die helfen, dass wir uns weiter entwickeln können. Und wer will schon in seinem Leben auf der Stelle treten? Das glaube ich auch nicht!!!

Bücher mit Inhalten wie bei Noah Gordon, (der Medicus) und Jostein Gaarder (Sofies Welt) beflügeln meinen Geist. Eigentlich bin ich ein typischer Zahlenmensch - beruflich geprägt, und liebe das Rationale - natürlich nicht nur! Was mich selbstverständlich nicht davon abhält, die Tiefen meiner Seele zu ergründen, das Glück und den Schmerz meines Herzens mit allen Fasern zu fühlen und der sehr, sehr leisen Stimme des Bewusstseins, wenn die Zeit dafür da ist, zuzuhören.

www.dietmardressel.de

Mehr Informationen unter
BoD Verlag
www.bod.de

Folgen Sie mir auf Twitter

Dietmar Dressel

Ein riskanter Aufbruch

Roman

Die DDR in den siebziger Jahren. Viele führende Politiker leben in Saus und Braus. Die Stasi und der Polizeiapparat sorgen mit den dazu passenden Einrichtungen für Angst, Terror und Gewalt, schlimmer als die Inquisition im Mittelalter. Die Denunziation der Menschen untereinander blüht in allen Farben, die Masse des Volkes bedient sich hemmungslos am Volksvermögen und verweigert zunehmend die Arbeitsleistung. Die Wirtschaftsleistung und die Staatsfinanzen werden nur noch durch den Verkauf von Menschen, und durch die massive, wirtschaftliche und finanzielle Unterstützung der BRD aufrechterhalten und abgesichert.

Der Untergang dieses Systems in der DDR ist bereits erkennbar, und viele Bürger sind verzweifelt auf der Suche, einen Ausweg für sich selbst und ihre Familien zu finden.

Zwei junge Menschen lernen sich kennen, verlieben sich und wollen ihr gemeinsames Leben in einem Land verbringen, in dem sie frei von politischen Zwängen sind. Was die beiden auf diesem sehr gefährlichen Weg erleben und erleiden müssen, ist die Hölle und das Grauen an sich. Verwundet und schwer verletzt an Seele, Geist und Körper, erreichen sie nur mit großen Mühen ihr Ziel.

Das Buch verspricht viel hochgradige Spannung, in einer Atmosphäre voller Liebe, Schmerz, Leid und Hoffnung.

Der Roman - „Eine Sprengmine zwischen Aufbruch und Freiheit"
ist der zweite Teil vom Roman - „Ein Riskanter Aufbruch".

Die Bundesrepublik Deutschland, inmitten Europas, erlebt seit
vielen Jahren, wie andere Staaten in diesem Erdteil auch, Frieden,
Wohlstand und die Freiheit der Gedanken. Was man vom anderen
Teil Deutschlands - der DDR - nicht sagen kann. Direkt im Krieg
ist sie nicht, aber das Land ist für seine Größe aufgerüstet und
mental auf Krieg eingestimmt, schlimmer als eine Großmacht.
Noch bedauernswerter ist der Zustand der Bevölkerung. Es
herrscht Mangel an allem was die Menschen brauchen, und die
friedlich etwas ändern wollen, oder voller Verzweiflung das Land
verlassen möchten, werden entweder unmenschlich eingesperrt,
gefoltert und gequält, oder durch Selbstschussanlagen, Minen-
felder und Salven aus Maschinenpistolen getötet, zerfetzt oder
schwer verletzt und verstümmelt.

Wenn in diesem Buch nicht ab und zu Seiten zu lesen wären, die
dem Leser ein wenig Entspannung ins Gesicht zaubern, würden sie
die eigenen Tränen fast ersticken, und die Schmerzen die sie
mitfühlen, an den Rand der Verzweiflung bringen. Es fällt einem
schwer, das alles beim Lesen zu ertragen, aber noch schwerer ist
es, das Buch aus der Hand zu legen.

Deutschland zum Ende des achtzehnten Jahrhunderts. Zwei erwachsene Menschen, ein noch junger Mönch, und ein in die Jahre gekommener Bader, erleben hautnah und zum Teil selbst in den Handlungen eingebunden, eine Zeit, in der es den Menschen sehr schlecht ging, und die Gelegenheit zum Lachen auf einem engen Raum begrenzte.

Durch Krieg, der menschenverachtenden Raffsucht des Adels, der Kirche mit ihren Gesetzen, die jeden neuen Ansatz zur Verbesserung der Lebenslage der Menschen, sowohl materiell als auch ideell im Keime erstickten, und mit so genannten Gottesurteilen, dem Scheiterhaufen und der Folter durch die Inquisition, wurde den einfachen Menschen, besonders von denen auf dem Land, das Leben unsäglich schwer gemacht.

Gott hat ja die Menschen nicht des Leidens und des Sterbens wegen geschaffen - ganz sicher nicht! Die Oberschicht des Landes sperrt sich vehement gegen jede Art von geistigem und materiellem Fortschritt, es sei denn, sie sind einzig und allein die Nutznießer dieser Veränderungen.

Das Buch verspricht viel Spannung, in einer Atmosphäre voller - Schikanen, sadistischem Missbrauch des Glaubens, Angst vor Folter und Todesqualen, Liebe, selbstloser Hilfe, unerträglicher Schmerzen, körperlichen Leides und zaghafter Hoffnung auf Besserung.

www.dietmardressel.de

**Mehr Informationen unter
BoD Verlag
www.bod.de**

Folgen Sie mir auf Twitter

Deutschland am Anfang des neunzehnten Jahrhunderts. „Der
Medicus und die Nonne" ist eine frei erfundene Geschichte, und
eine Fortsetzung des Romans - „Der Mönch und der Bader".

Der Roman ist ein Werk der Phantasie, und nicht ein Ausschnitt
aus der wirklichen Geschichte. Von den erwähnten Personen lebten
nur: Napoleon, der Herzog von Braunschweig. Marshall Davout,
Graf Montgelas, Friedrich der Dritte - die Generäle: Hohenlohe,
Rüchel und Kalckreuth. Friedrich von Schiller und Wolfgang
Johann von Goethe.

Alle anderen Namen sind frei erfunden, und rein zufällig gewählt.
Vieles von der Atmosphäre der Kriegsereignisse um 1806 ist verloren gegangen. Wo keine glaubhaften Aufzeichnungen vorhanden
waren, habe ich meine Phantasie zu Rate gezogen.

Nikolas, der Mönch, erschüttert von dem kriegsbedingten, furchtbaren Leid der Menschen, kann dem Kloster nicht mehr dienen, versucht sein Glück im weltlichen Leben zu finden und trifft Hilde. Katarina, am Ende ihrer Kraft, sucht ihr Heil im Kloster, und hat den Wunsch Nonne zu werden.

Zusammen mit Ferdinand, dem Medicus, erfährt sie das tiefe Glück der Liebe.

Das Schicksal will es so, dass sie eine andere Aufgabe erfüllen soll, die sie in Lynhart suchen muss.

www.dietmardressel.de

Mehr Informationen unter
BoD Verlag
www.bod.de

Folgen Sie mir auf Twitter

Dietmar Dressel

Der Planet Venus
und seine Kinder

Fantasy Roman

In diesem Roman lesen sie etwas über die Schöpfung, oder Gott, wie manche auch dazu sagen. Wie entstand sie, und wo existiert sie? Unser Universum - ist es endlich? Was hat es mit den „guten" und mit den „bösen" Seelen auf sich? Gibt es dafür jeweils ein Universum? Und wenn ja, was erleben sie dort? Oder ist das alles nur eine Illusion, und wir liegen nach unserem Tod vier Meter tief in der Erde, und sind ein Festmahl für die Würmer? Nur – was ist, wenn wir wirklich als geistige Wesen in einem anderen Universum weiter leben? Was ist nach dem Urknall passiert? Venus, ein kleiner Planet am Rande einer Galaxis, entwickelt sich gut, was man von seinen denkenden Zweibeinern nicht sagen kann. Sie raffen, was sie raffen können, sind neidisch bis zum abwinken, und bringen sich mit dem Feuer der Sonne, grausam gegenseitig um. Am Ende gelingt es einer kleinen Gruppe von ihnen auf der Erde zu landen, die noch in den Anfängen einer ganz einfachen, mensch-lichen Entwicklung steckt.

Was werden die wenigen klugen Venusianer mit ihrem Wissen

unternehmen? Wollen sie den Erdbewohnern dabei helfen, sich friedlich zu entwickeln, oder wird die Abschlachterei von neuem beginnen? Lesen sie das im II. Teil der Trilogie - „Der Zweck unseres Lebens".

Dem Autor gelingt es, trotz der schwierigen Thematik, glaubhaft und spannend eine fantastische Geschichte zu erzählen. Es werden möglicherweise auch viele neue Fragen auftreten, was der Autor so sicherlich auch beabsichtigt hat.

www.dietmardressel.de

Mehr Informationen unter
BoD Verlag
www.bod.de

Folgen Sie mir auf Twitter

„Das „Monster Krieg"

Roman von Dietmar Dressel

Dieser Roman wird Ende Dezember 2015 in allen deutschsprachigen Buchläden zu kaufen sein. Gleiches Erscheinungsdatum gilt für die Veröffentlichung als E – Book.

In diesen Roman werden sie nicht nur über die „Komplizen der Gier" mehr Interessantes lesen können, sondern auch über mehr solcher „Halunken" erfahren, die das alltägliche Leben von körperlich denkenden Lebewesen der höheren geistigen Ordnung, also auch von uns Menschen, „beherrschen" können.

Viel Spaß und spannende Stunden wünscht Ihnen beim Lesen der Romane – Ihr Dietmar Dressel

www.dietmardressel.de

Mehr Informationen unter
BoD Verlag
www.bod.de

Folgen Sie mir auf Twitter

www.dietmardressel.de

Mehr Informationen unter
BoD Verlag
www.bod.de

Folgen Sie mir auf Twitter

www.dietmardressel.de

Mehr Informationen unter
BoD Verlag
www.bod.de

Folgen Sie mir auf Twitter